Elogios para Roberto Bolaño y

Sepulcros de vaqueros

"Uno de los más grandes e influyentes escritores contemporáneos". —*The New York Times*

"Fue un escritor experimental que inventó formas nuevas y fue una voz muy independiente y muy crítica". —Mario Vargas Llosa

"Uno de los autores más respetados e influyentes de su generación.... Al mismo tiempo divertido y, en cierto sentido, intensamente aterrador". —John Banville, *The Nation*

"Bolaño ha probado que la literatura lo puede todo". —Jonathan Lethem

"Al igual que Joyce, cada uno de sus libros era más ambicioso que el anterior. Nos llevará muchos años alcanzar lo que él ha conseguido". —Colm Tóibín

"Las historias de Bolaño son algo extraordinaria-mente bello y (al menos para mí) completamente novedoso". —Francine Prose, *The New York Times Book Review*

Roberto Bolaño

Sepulcros de vaqueros

Sepulcros de vaqueros

Roberto Bolaño

Sepulcros de vaqueros

Vintage Español
Una división de Penguin Random House LLC
Nueva York

PRIMERA EDICIÓN VINTAGE ESPAÑOL, FEBRERO 2018

Estas novelas breves son una obra de ficción. Los nombres, personajes, lugares e incidentes o son producto de la imaginación del autor o se usan de forma ficticia. Cualquier parecido con personas, vivas o muertas, eventos o escenarios es puramente casual.

Información de catalogación de publicaciones disponible en la Biblioteca del Congreso de los Estados Unidos.

Vintage Español ISBN en tapa blanda: 978-0-525-56315-0

Para venta exclusiva en EE.UU., Canadá, Puerto Rico y Filipinas.

www.vintageespanol.com

Impreso en los Estados Unidos de América
10 9 8 7 6 5 4 3 2 1

Movimiento perpetuo

Prólogo

por Juan Antonio Masoliver Ródenas

Hablar de las novelas y los cuentos de Roberto Bolaño como fragmentarios —como lo he hecho yo, *mea culpa*— resulta parcial, puesto que cada fragmento depende de una unidad en constante movimiento, en un verdadero proceso de creación que es al mismo tiempo consolidación de un universo. Y precisamente porque están en continuo movimiento —como lo están sus personajes— y porque nos remiten siempre al conjunto de su obra, no se puede hablar de fragmentos sino de piezas de un puzle. Al mismo tiempo, como ocurre en el taller de muchos pintores, Bolaño trabaja simultáneamente en varias piezas, y si abandona una para iniciar otra nueva, no olvida nunca lo ya escrito. Cada nuevo libro nos resulta, pues, muy familiar, con personajes o situaciones que ya conocíamos y que, por lo tanto, no fueron nunca abandonados u olvidados. A Bolaño, en su escritura itinerante, le interesa más el recorrido que su final. Todavía somos herederos de la novela decimonónica o tradicional, que exigía un desarrollo lineal con un final definitivo, como si todo en la vida tuviera un desenlace o anticlímax. En él, el futuro es utópico. Lo que le interesa es la íntima relación entre el presente y un pasado visto no como elegíaca nostalgia sino como parte de un tiempo único, que se convierte en el tiempo del instante.

Lo que nos lleva a otro aspecto característico de su escritura: estamos ante una narrativa con una marcada presencia biográfica, y a través de las fechas, tan meticulosamente registradas, podemos reconstruir su propia historia: su nacimiento en Chile en 1953; su residencia en México de 1968 a 1977, año en que se trasladará a Barcelona; el viaje a Chile en 1973, para apoyar el gobierno de Salvador Allende; la enfermedad hepática que le diagnostican en 1992 y que ha de marcar el ritmo de su escritura hasta su muerte en 2003. Y a partir de aquí, la sucesión de libros inéditos, entre ellos la que es quizá su obra más poderosa —aunque no tan accesible como la también magistral *Los detectives salvajes*—: *2666*. Y dentro de su biografía están sus lecturas, que, como en el caso de Vila-Matas, son parte integral de la esencia narrativa. Y, también como en Vila-Matas, en esta biografía no interesa la persona sino el personaje, en su caso, el omnipresente Arturo Belano.

Todos estos rasgos aparecen en *Sepulcros de vaqueros*, un libro desconcertante dentro del desconcertante universo bolañiano. Como siempre, no tiene sentido tratar de distinguir si estamos ante tres partes independientes o ante la unidad propia de una novela. Dividida en tres secciones, la primera, «Patria», integrada por veinte textos, es la que ofrece una mayor diversidad, y sin embargo la relación entre ellos es constante, como lo son las referencias a otros cuentos o novelas: la joyita de la Luftwaffe, el Messerschmitt, un avión del Tercer Reich, con su piloto Hans Marseille, o el teniente Ramírez Hoffman, que aparecen en *Estrella distante*. En la segunda sección, la que da título al libro, incluso se incluye un texto, «El Gusano», que aparecerá luego en *Llamadas telefónicas*, con unos cambios profundos que confirman que el escritor no abandona nunca sus textos; de nuevo como en *Estrella distante* o, implícitamente, en *Entre paréntesis*, son frecuentes las referencias a Gabriela Mistral, Nicanor Parra, Pablo de Rokha o Pablo Neruda, el misterioso protagonista de *Nocturno de Chile*. En la tercera sección, la más inmediata estructuralmente, «Comedia del horror de Francia», muestra una especial habilidad para llevarnos, como deslizándose, a un sucederse de nuevas situaciones, con más tensión narrativa y con una unidad mucho más marcada.

Las fechas en que fueron escritas las tres secciones son muy significativas. Las dos primeras, en la década de los noventa, y la tercera entre 2002 y 2003. Fechas, pues, que coinciden con la redacción de otros libros, lo que subraya la simultaneidad a la que he hecho referencia. El espacio geográfico dominante es Concepción, pero resulta de especial interés la dicotomía o conjunción entre Chile y México, «mi nuevo país». En Chile, además de Concepción, nos movemos por Santiago o por lugares familiares a los lectores de Neruda, como Bío-Bío o la provincia de Temuco. De México merece una especial atención la provincia de Sonora, con Santa Teresa, dramáticamente inmortalizada en *2666*. Fecha también significativa, dentro de la biografía de Bolaño, es la del golpe militar para derrocar a Allende, que sobrevuela todo el libro, de ahí la violencia tan presente en la mayoría de los textos.

Biografía también literaria, no sólo por sus lecturas, sino porque son muchos los textos en los que los protagonistas son poetas, desde el primero de «Patria», donde el narrador es el poeta de una familia en la que el padre fue boxeador, «el más salvaje», y solo leía las noticias deportivas. Pero la apoteosis se da en la última sección del libro, donde el joven Diodoro Pilon, poeta sin obra publicada, recibe una misteriosa llamada telefónica. Se inicia así una delirante conversación en un relato lleno de sorpresas. Hay un claro homenaje al surrealismo, especialmente en la divertidísima escena en la que Breton lleva a sus jóvenes seguidores al alcantarillado de París —un París al revés—, y allí fundan el Grupo Surrealista Clandestino, que nos remite inevitablemente a los infrarrealistas encabezados por Bolaño, y a la también póstuma *La Universidad Desconocida* y, por supuesto, a *Los detectives salvajes*. Y no deja de ser sorprendente que en un momento determinado hable del «sobrevalorado pincel de Roberto Antonio Matta», que tanto inspiró al grupo, por lo menos en sus inicios. Una afirmación que forma parte de la ambigüedad tan frecuente en Bolaño, y que alcanza su punto más alto en el Neruda de *Nocturno de Chile*.

Esta ambigüedad está también relacionada por la frecuencia de las imprecisiones. Para empezar, en los personajes, Rigoberto Belano que es luego Arturo Belano; Iván Cherniakovski que aquí aparece como poeta, o la doctora Amalfitano, supuesta autora de *Las castas secretas,* un apellido que aparece en un contexto muy distinto en *2666* y que aparece también en *Los sinsabores del verdadero policía.* Los vacíos crean una extraña sensación, como las imprecisiones de los cronistas del *Quijote*, Cide Hamete Benengeli incluido. Como si Bolaño no fuese dueño del relato. Ya de entrada, no sabe si es chileno o mexicano —si bien toda su obra es tan chilena como mexicana—, no sabe interpretar las palabras de su madre, los recuerdos son siempre confusos, «lo que sucedió después es borroso», para dejar al lector en el aire u obligado a imaginarlo por su cuenta. Estas imprecisiones, paradójicamente, dan mayor libertad al narrador, que se puede permitir todo tipo de audacias, para romper con la lógica de la tradición decimonónica, un gesto de rebeldía ya marcado desde el primer texto, cuando el padre del protagonista —en el supuesto de que haya verdaderos protagonistas o una jerarquía de personajes— no quiere trabajar para el comisario Carner porque «la ley le importaba un carajo».

Esta ruptura consiste generalmente en introducir comentarios curiosos o extraños, para salirse de la «normalidad» del relato, la misma libertad que le es concedida a los poetas: «jarrones comunes y corrientes: los floreros del infierno»; los mendigos llevan Ray-Ban; Fernando gritaba con gritos atroces y «parecía pedir agua. Parecía arrear reses. Parecía silbar una canción»; «un tipo con un suéter que parecía tejido con pelo», o «mi futuro universitario era negro como un viejo bolero imposible». Una libertad que nace también del humor, que nunca es gratuito, simples exhibiciones de ingenio. Ni lo es el horror presente en tantas páginas, testimonio de una época, como la red de tráfico de niños que van siendo embarcados rumbo al matadero y que nos hace pensar en las mujeres asesinadas de Santa Teresa, de *2666*, o los naturales de Villaviciosa que «trabajan de asesinos y de vigilantes». Una violencia siempre presente en Latinoamérica y que en *Sepulcros de vaqueros* —significativo título— encuentra su máxima expresión en el golpe militar contra Allende y en la recurrente presencia de los nazis, que inevitablemente nos remite a *La literatura nazi en América*.

No entro aquí en comentar la sucesión de historias o de escenas brillantes que se dan a lo largo del libro, pues el lector no necesita ninguna orientación. Tampoco me he detenido a señalar la visible diferencia entre las tres partes ni a mencionar los distintos títulos. La razón es muy simple: me ha interesado subrayar la dinámica del relato, el itinerario narrativo que no conduce a ninguna parte o, mejor dicho, que conduce al conjunto de la obra de Bolaño. Cualquier intento de dar orden al caos y una lógica que se aleje de la concepción que tiene de su escritura sería rebajar y aun tergiversar la ambición de su proyecto. En todo caso, el libro, hecho de textos a un tiempo dependientes e independientes de cualquier idea de conjunto, está lleno de alusiones a esta ruptura radical. El protagonista de «El Gusano», como el de tantos otros textos, «dedicaba la primera parte de la mañana a los libros y a pasear y la segunda al cine y al sexo». Del relato de ciencia-ficción sobre la invasión de las hormigas extraterrestres, en «El viaje», se nos dice que el cuento queda inconcluso. Pero es en la tercera parte del libro, la más demencialmente «libresca», donde se resume la audaz visión que el escritor tiene de su concepción de la escritura: «es una novela que, como toda novela, por otra parte, no empieza en la novela, en el objeto libro que la contiene, ¿lo entiende? Sus primeras páginas están en otro libro». Otro libro del propio Bolaño o de los autores que menciona, sus compañeros de viaje, pues de un viaje estamos hablando. Baste decir que la imaginación desbordada, la intensidad de los sentimientos, la incisiva crítica, la febril actividad o los extraños personajes hacen de *Sepulcros de vaqueros* un libro —un libro dentro de un Libro— enormemente atractivo y original.

Para identificar los textos que componen este volumen y determinar sus correspondientes fechas de escritura se ha consultado todo el fondo documental del Archivo Bolaño que se custodia en el domicilio familiar del autor y que está compuesto por papeles sueltos, libretas manuscritas, recortes de periódico, revistas y, en el caso de los escritos de sus últimos años, también archivos informáticos.

«Patria»

Los materiales de este relato se encontraron en tres archivadores: el clasificado con el nombre *Archivador 4/17* contiene, junto con otros textos del autor y un recorte de prensa fechado en 1993, las notas de escritura y el borrador del relato, ambos manuscritos; el *Archivador 30/171* guarda también un borrador manuscrito del relato en una agrupación de hojas sueltas pertenecientes a una libreta cuadriculada de tamaño medio folio; por último, en el *Archivador 34/5* se localizó una versión posterior formada por sesenta y dos páginas mecanoscritas con máquina de escribir eléctrica, que Roberto Bolaño utilizó entre 1992 y 1995.

Para determinar su fecha de escritura hemos tomado como referencia la noticia de 1993 guardada junto a las notas y el borrador del relato en el primero de los archivadores mencionados —y por tanto previsiblemente contemporánea a éstos— y el hecho de que esté escrito con máquina eléctrica. Así pues, podemos afirmar que «Patria» se escribió en el periodo comprendido entre 1993 y 1995.

«Sepulcros de vaqueros»

El texto completo de esta narración se localizó en un archivo con nombre *VAKEROS.doc* en el disco duro del ordenador de Roberto Bolaño. Existe además una copia de seguridad del mismo, guardada por el autor en un disquete de 3½ con el título *Sepulcros de Vaqueros*.

Además, en el archivo físico se localizó material de este relato en dos archivadores: el *Archivador 9/33* contiene una carpeta verde de tamaño folio con el título manuscrito *Arturo, Sepulcros de Vaqueros. Te daré diez besos y luego diez más*. Dentro de ella, junto a materiales varios, se encontraron las notas manuscritas del texto «Sepulcros de vaqueros» en seis folios sueltos, doblados por la mitad, con los capítulos numerados; por su parte, el *Archivador 2/12* custodia notas referentes a varias obras entre las que se identificaron las de *Los detectives salvajes* y dos de «Sepulcros de vaqueros», una de ellas con el cálculo de páginas escritas de *Los detectives salvajes, Llamadas telefónicas, La literatura nazi en América, Estrella distante* y el relato que nos ocupa, y la otra con notas de su primer capítulo.

La escritura de esta narración puede datarse entre 1995, cuando Roberto Bolaño comenzó a utilizar el ordenador, y 1998, fecha de las notas de *Los detectives salvajes* que comparten páginas manuscritas con las de esta narración.

«Comedia del horror de Francia»

El texto completo de esta narración se localizó en un archivo con nombre *FRANCIA.doc* en el disco duro del ordenador de Roberto Bolaño. Existe además una copia de seguridad del mismo, guardada por el autor en un disquete de 3½ con el título *Arch: Francia, Comedia del horror de Francia.*

En el archivo físico, sólo se ha encontrado una nota manuscrita del autor referente a esta obra, escrita en un sobre de una carta recibida por él cuyo matasellos lleva la fecha de 11 de abril de 2002. Se guarda en el *Archivador 31/209.*

Esta última fecha y la dedicatoria a sus dos hijos, Alexandra y Lautaro, presente en los archivos informáticos antes mencionados, permiten datar el relato entre 2002 y la fecha del fallecimiento de Roberto Bolaño en julio de 2003.

CAROLINA LÓPEZ HERNÁNDEZ

Patria

Patria

Mi padre fue campeón de boxeo, el más valiente, el más salvaje, el más astuto, el mejor...

Cuando abandonó la profesión el comisario Carner, de Concepción, le ofreció trabajar en Investigaciones. Mi padre se rio y dijo que no, que de dónde demonios sacaba semejante idea. El jefe de policía contestó que él podía oler de lejos a los servidores de la ley. Un olfato infalible. Mi padre dijo que la ley le importaba un carajo y que además, con perdón, no tenía vocación de conchudo. A mí me gusta trabajar, dijo, no se lo tome a mal. El jefe de policía comprendió que aunque el boxeador estaba borracho hablaba en serio. No se lo tomó a mal. Es raro, dijo, porque yo huelo a los policías a veinte kilómetros de distancia. A los buenos, por supuesto. No me huevees, Carner, tú lo que quieres es un peso pesado para calentar a los lanzas, dijo mi padre. Eso jamás, dijo el comisario, yo soy un cana moderno. Moderno o no, Carner leía libros de los rosacruces y era, sin demasiado rigor, un adepto de John William Burr, el publicista hoy ya olvidado de la metempsicosis. En mi casa aún hay panfletos de Burr editados por El Círculo, de Valparaíso, y por la Asociación Gustavo Peña, de Lima, que mi padre, previsiblemente, nunca leyó.

Que yo recuerde, mi padre sólo leía las noticias deportivas de los periódicos: tenía un álbum de recortes y de fotos que cuidaba con primor y que resumía de manera fidedigna su periplo pugilístico, desde las filas del boxeo amateur hasta el cinturón de bronce de campeón sudamericano de los pesos pesados. (También le gustaba el fútbol y las carreras de caballos y el tejo y la cocaína y la natación y las películas de vaqueros...)

Mi padre, por supuesto, nunca ingresó en la policía. Al retirarse puso una fuente de soda y se casó con mi madre, embarazada de tres meses. Poco después nací yo, el poeta de la familia.

El imbécil de la familia

Todo empezó hace muchos años, el 11 de septiembre de 1973, a las siete de la mañana, en la biblioteca de la casa de campo de Antonio Narváez, ginecólogo de reconocido prestigio y en los ratos libres mecenas de las Bellas Artes. ¡Ante mis ojos enrojecidos por el sueño unas veinte personas se desparramaban por los sofás y las alfombras! ¡Todos habían bebido y discutido hasta la saciedad aquella noche! ¡Todos habían reído y habían hecho proyectos y habían bailado hasta la saciedad aquella noche interminable! Menos yo. Entonces, a las siete o a las ocho de la mañana, a pedido del anfitrión y de su mujer me subí a una silla y empecé a recitar un poema para levantar los ánimos y hacer tiempo mientras se calentaba el café, un café de calidad excepcional que Antonio Narváez conseguía en el mercado negro y que, para arreglar el cuerpo, servía con chorros de pisco o de whisky, acto previo al de descorrer las cortinas y dejar entrar los primeros rayos del sol que ya despuntaba sobre la cordillera de los Andes.

¡Bueno, me subí a la silla y los dueños de casa pidieron un minuto de silencio! Era mi especialidad. El motivo por el que me invitaban a las fiestas. Ante un auditorio compuesto de caras conocidas que trabajaban o estudiaban en la Universidad de Concepción, rostros encontrados en funciones de cine o de teatro, o vistos en anteriores reuniones campestres en aquel mismo lugar, en los malones literarios que gustaba organizar el doctor Narváez, recité, de memoria, uno de los mejores poemas de Nicanor Parra. Mi voz temblaba. Mis manos, al gesticular, temblaban. Pero todavía sigo creyendo que era un buen poema, aunque entonces fue recibido con beneplácito por unos y con manifiesta desaprobación por otros. Recuerdo que al subirme a la silla me di cuenta que aquella noche yo también había bebido como un cosaco. La silla era de madera de araucaria y desde allí arriba el suelo, los arabescos de la alfombra parecían infinitamente lejanos.

Iría por el decimoquinto verso cuando una muchacha y dos muchachos aparecieron por la puerta de la cocina y dieron la noticia. La radio informaba que en Santiago se estaba perpetrando un golpe militar. *Blitzkrieg* o *Anschluss,* qué más daba, el Ejército de Chile estaba en marcha.

Fue cosa de decirlo e iniciarse la estampida, primero hacia la cocina y luego hacia la puerta de calle, como si todos hubieran enloquecido de repente.

Recuerdo que en medio de la desbandada alguien gritó que me callara, por lo que colijo que yo seguía recitando. Recuerdo insultos, amenazas, exclamaciones de incredulidad, rostros que pasaban de la heroicidad más sublime al espanto, alternativamente, todo revuelto e inacabado, mientras yo tartamudeaba enredado con un verso y miraba hacia todos los rincones, el último en entender lo que se cernía sobre la República. Mi silla, ante la avalancha de gente que salía disparada, se tambaleó y caí de bruces contra el suelo. El costalazo fue seco e indoloro. Semiinconsciente, pensé que no acababa nunca de desmayarme. Luego todo se volvió negro.

Cuando desperté en la casa no quedaba nadie salvo una muchacha en cuyo regazo reposaba mi cabeza. Al principio no la reconocí. Sin embargo no era la primera vez que la veía, aquella noche había cruzado unas palabras con ella y antes nos habíamos encontrado un par de veces en el taller de Fernández o Cherniakovski, en aquel momento no pude precisarlo.

Sobre la frente me había puesto un trapo mojado que me provocaba escalofríos. Alguien había descorrido las cortinas. Una ventana, en el piso de arriba, era movida por el viento y el ruido que producía era similar al de un metrónomo. En la biblioteca el silencio y la luz nos envolvían de forma sobrenatural: el aire parecía distinto, brillante, nuevo, mixtura de paredes superpuestas tras las cuales se hallaba la aventura o la muerte. Miré la hora, sólo habían transcurrido diez minutos. Entonces ella dijo levántate, debemos marcharnos cuanto antes. Como un espíritu me puse de pie. Quiero decir, ligero como un espíritu. Ligero como una pluma. ¡Tenía veinte años! Me puse de pie y la seguí. En la calle encontramos un Volkswagen con los guardabarros verdes y la tapicería de piel de leopardo. Subimos al coche y nos pusimos en marcha. ¡Tenía veinte años y era la primera vez que me enamoraba! Lo supe al instante... Y sin que lo pudiera evitar se me saltaron las lágrimas...

El lado derecho

Se llamaba Patricia Arancibia y tenía veintiún años. Vivía en Nacimiento, el pueblo de los ceramistas, en una casa de dos pisos, de piedra y madera, situada en las afueras, en lo alto de una colina pelada desde la cual se dominaba el valle en toda su extensión. Durante el camino sólo abrí la boca dos veces: la primera para preguntar adónde íbamos, la segunda para decirle que sus ojos eran azules como los ríos de la provincia de Bío-Bío. Siete ríos tiene la provincia, dijo ella mirándome de reojo mientras conducía por caminos estabilizados, alejándonos a toda velocidad de Los Ángeles: el Mulchén, el Vergara, el Laja, el Renaico, el Bureo, el Duqueco y el padre de todos, el Bío-Bío. Y todos son diferentes. Tanto en el color como en el cauce. A veces, muy pocas, los siete son azules, con grandes lenguas verdes en los remansos, aunque la mayor parte del tiempo bajan teñidos de un color como de piedra. Piedras oscuras con filamentos esmeraldas y violetas, sobre todo cuando el invierno es largo, dijo tristemente.

A primera vista su casa recordaba la casa de *Psicosis*. La única diferencia eran las escaleras y el paisaje. Desde la casa de Patricia Arancibia el paisaje era abierto, rico y desolado. Desde la casa de Norman, es sabido, sólo se ve la antigua carretera y el pantano.

Estacionó el auto en un cobertizo de tablones roídos. La puerta principal no estaba cerrada con llave. La seguí hasta el living: una habitación enorme, llena de cuadros y de libros. Mi padre es pintor, dijo Patricia. Los cuadros eran suyos. Mientras ella hacía té me dediqué a observarlos. En casi todos la figura central era una mujer de rasgos ligeramente similares a los de mi salvadora. Es mi madre, explicó, tendiéndome una taza de té caliente. A una orden suya me senté en un sillón y permanecí inmóvil mientras ella observaba mi cabeza. Está bien, dijo, pero es raro que hayas estado tanto tiempo inconsciente. ¿Adónde fueron los demás?, pregunté. A sus casas, a las células de sus partidos, a sus trabajos, no sé... ¿Por qué has llamado al Bío-Bío padre de todos los ríos y no madre? Patricia se rio. Debería verte un médico, dijo. Por lo de la cabeza. Me siento bien, dije. Hubo una vez un dibujante bastante bueno que se cayó o lo atropellaron, en fin, algo parecido a lo que te ocurrió a ti. Lo llevaron al hospital. Al cabo de los días se recuperó o eso parecía. Exteriormente gozaba de buena salud y las enfermeras no se opusieron cuando exigió papel y lápiz para dibujar. Lo primero que quiso hacer fue un retrato de una enfermera especialmente simpática. La enfermera, halagada, posó para él. Cuando finalizó todos se dieron cuenta que sólo había dibujado el lado derecho de la enfermera. Por probar, le pidieron que dibujara una mesa. Dibujó la mitad derecha de la mesa. Cuando los médicos se lo hicieron notar el dibujante insistió en que el dibujo, por supuesto, estaba acabado y era completo. Probaron con otros modelos y el resultado fue el mismo. El dibujante sólo dibujaba lo que veía y había perdido de vista el lado izquierdo de las cosas...

Yo veo todo completo, murmuré. Veo tu lado izquierdo y tu lado derecho. Para mí el Bío-Bío es el padre de los ríos de la misma manera que el volcán Antuco es la madre de los volcanes. Debería ser al revés, dije, los volcanes padres y los ríos madres. Patricia Arancibia se rio. Vivo con una empleada de mi familia, dijo. ¿Sabes cómo se llama? Crescencia Copahue. Tiene setenta años. Fue la nana de mi padre, en realidad es como de la familia. ¿Sabes qué es el Copahue? Ni idea, dije. Un volcán. El Copahue es uno de los siete volcanes de Bío-Bío. ¿Nunca antes habías visto pinturas de mi padre? No, dije. Ni siquiera lo había oído nombrar. En el Copahue había unas termas a las que íbamos cuando era chica. Mi padre pintó volcanes, hace años, todas las telas están ahora vendidas o quemadas.

Vivo sola, dijo. Mi madre y mi padre viven en Santiago. Se aman desesperadamente, dijo con una sonrisa. Vivo con Crescencia, ella está aquí ahora. En algún lugar de la casa, oyendo la radio. Debe estar acostada escuchando los bandos militares. Pero pronto se levantará y nos dará de comer. ¿Sabes cómo se llaman los siete volcanes de la provincia? El Copahue, el Tolhuaca, el Collapén, el Pemehue, el Sierra Velluda, el Maya-Maya y el más hermoso de todos, el volcán Antuco. ¿Por qué cierras los ojos? Imaginaba los volcanes, dije, los veía como muros que no nos dejarán salir. ¿Por el golpe? No los veas así, dijo la dulce voz.

Mi padre también los sentía como barrotes, tal vez por eso se fue a vivir a Santiago. Barrotes para su talento. ¿El dibujante que sólo veía el lado derecho todavía vive? No, murió hace mucho, en Nueva York, en los años treinta, antes de la Segunda Guerra Mundial. Se llamaba Richard Luciano y sus dibujos perduran en algunos estudios de neuropatología. ¡Qué triste!, dije con los ojos llenos de lágrimas, terminar en un manual de medicina. No lo creas, dijo la dulce voz. Es un poquito mejor que los museos. La vida da muchas vueltas, señor Belano, la aventura no termina nunca...

¿Hacia dónde conducía Patricia Arancibia aquella mañana? ¿Hacia el cielo o hacia el infierno?

El Volkswagen impoluto se deslizó por los caminos de Bío-Bío como a través de una cinta transportadora. Frenaba y aceleraba a impulsos del sol, de los rayos tibios que tocaban la piel de leopardo. Y Patricia Arancibia, sin gafas negras de conducir que cubrieran sus ojos, oteaba los caminos y elegía el mejor. Bajo alamedas o por sendas de bueyes, bordeando potreros, en las cercanías de Coigüe o de Santa Fe, a la hora del ángelus de los flojos, sus piernas, finísimas, se movían seguras en el vientre del leopardo, imprimiendo la velocidad deseada. Calzaba botines de cuero negro ribeteados con hebillas de plata, calcetines de algodón de color magenta, con un festoneado de estrellas diminutas, falda negra hasta la rodilla, de cintura alta y apretada como para montar a caballo, blusa marrón, de raso, con botones redondos y aperlados, y en el asiento trasero, tirado al descuido, un abrigo de vedette de los años cincuenta, de piel de borrego. En ocasiones detenía el coche en medio de una polvareda y consultaba un mapa que sacaba de la guantera. La escena parecía el anuncio de un perfume salvaje: sus dedos largos recorrían los caminos impresos en rojo y sus labios se apretaban decididos. Entonces el coche salía lentamente de la polvareda como si saliera de un huevo. Un huevo de piedra, de luz y de aire, efímero como una mosca. El huevo de los volcanes. Y el Volkswagen impoluto poco a poco volvía a coger velocidad. Atrás quedaba el cascarón, desmoronándose entre las ramas de los árboles. El mapa retornaba a la guantera. Las manos se aferraban al volante y el automóvil reiniciaba el viaje.

—Adónde vamos —pregunté con voz asustada.

(Cuando yo era niño jugaba con mis hermanos a convertir los momentos felices en estatuas... Si alguien, un ángel que nos observara desde el cielo, hubiera convertido el Volkswagen y los baches del camino en estatua... El trono de piel de leopardo en estatua... La velocidad y la fuga en estatua...)

Ella aceleró sin vacilar. No se preocupe, señor Belano, dijo burlona, no nos vamos a perder... No nos vamos a perder nada... Sus labios, como dice el traductor argentino o boliviano de Virgilio, estaban llenos de ambrosía.

De Eliseo Arancibia a Rigoberto Belano

He recibido cuatro cartas suyas y me parece que ya basta. No hurgue en el dolor de mi familia. No comprometa la memoria de mi hija con cábalas y suposiciones que a nada conducen. Por favor, desista. Los hechos son claros y no veo por qué debería creer más en usted y en sus sospechas que en el dictamen de la policía. Dios quiso que mi hija nos abandonara en la flor de la vida y eso, lamentablemente, es todo.

Con respecto a enviarle los papeles de Patricia, mi respuesta es negativa. No sé a qué papeles se refiere. Si lo supiera me temo que no es usted el más indicado para recibirlos. Cuando el tiempo cicatrice las heridas podré, con calma y paciencia, reunir la obra dispersa de mi hija y publicarla en una colección digna. Amigos editores no me faltan. Le ruego, pues, que no se atribuya el papel de albacea literario que nadie le ha conferido.

Por último: no instrumentalice la desaparición de mi hija. Ni política, ni literariamente. Sobre esto me veo en la triste obligación de insistir. No tiene usted ningún derecho. Patricia odiaba la ordinariez que creo adivinar en sus propósitos. De más está decirle que llegado el caso no dudaré en tomar medidas legales.

Si mis palabras han sido duras, lo siento. Espero que me comprenda, soy un padre destrozado. Usted, en cambio, es un muchacho joven y debe pensar en su futuro.

Le adjunto a esta carta nuestra revista *Pintores Chilenos de Aquí y de Allá,* con un boceto biográfico de Onésimo Echaurren que tal vez le guste.

Responso fúnebre leído por el secretario interino de la Sociedad Chilena de Bellas Artes, señor don Onésimo Echaurren Gordon. Publicado en la hoja trimestral *Pintores Chilenos de Aquí y de Allá,* 1974. Y parcialmente publicado en la Sección Necrológica de *El Mercurio,* 1973. Versión completa

Henos aquí reunidos, amigos y colegas, en torno a una frágil rosa, en torno a los pétalos aún frescos de una flor, la mejor, la más lozana, la más enigmática, arrancada prematuramente del seno de la Naturaleza, madre de todos, de los ciegos y de los videntes, de los creadores y de los entes oscuros, del artista que comprende y trasciende, y del zombie, el atroz engendro afro-haitiano.

Cuando parecía que se alejaba la feroz sequía, cuando sobre el seno aterido de la Patria se desvanecía como un mal sueño el fragor de las bandadas vultúridas que quisieron cortar las alas de nuestro entrañable cóndor, cuando retoza otra vez el huemul a lo largo de los valles recobrados y oyen el niño y el anciano las campanas a rebato anunciando que la República echa a andar con nuevo vigor y nuevo impulso, a nuestros hogares llegó, como el último manotazo de la noche, la noticia, la luctuosa noticia que nos sumerge sin previo aviso en un torbellino privado.

Puedo decir que la vi nacer; la amistad, ese vínculo sagrado y misterioso, me otorgó el alegre privilegio de verla crecer. Cómo no evocar ahora su carita iluminada por mis cuatro quinqués de cobre (que más que quinqués parecían antorchas) rogando para que le contara otro cuento, uno más de una larga lista. Inolvidables tardes, enmarcadas por la soberbia luz de la provincia de Temuco, en mi fundo La Refalosa, nombre que no esconde, como algunos enemigos han insinuado, un error gramatical, sino la prístina voluntad vernácula de mis mayores y que yo me honro en conservar.

Veo, como si estuviera en el teatro y el tiempo, ese olvidadizo amigo, no hubiera movido su cola de cometa, la espaciosa galería de La Refalosa, con los trípodes instalados, las paletas preparadas, dispuesta la pintura; más allá, el huerto; en los lindes del huerto, los niños (¡esos *niños* que hoy estudian Leyes o Economía!) jugando a los vaqueros; los campesinos, humildes en la indumentaria, pero de aspecto general aseado y con andares optimistas, se dirigen a las tierras roturadas; y ella, nuestra precoz amazona de ocho años, emerge, Venus de Botticelli, mujer-niña fantástica de Max Ernst, cosa enfurruñadamente divina de Alberto Ortega Basauri, montada en mi yegua Polvito, por el camino de los rosales.

¡Bendita visión! Alada como los ángeles, su presencia transmitía algo similar al estupor que parece reservado tan sólo al poema, plástico o verbal. Preocupada transeúnte de tierras imaginarias, su intelecto y belleza deslumbraron desde temprano a sus queridos padres y al selecto círculo al que éstos pertenecían. No vacilaré en afirmar que de Eliseo Arancibia sacó la inteligencia firme y curiosa, y de Elena Múgica Echevarría, la hermosura y la gracia que la adornaron hasta el postrer crepúsculo.

Como ejemplo de su agudeza puedo mencionar que a los diez años ya sabía discurrir sobre los avatares del surrealismo criollo y francés. Apreciaba la obra de nuestro recordado y añorado Juan Miguel Marot y ponía el punto sobre las íes al sobrevalorado pincel de Roberto Antonio Matta. Embelesados, los mayores, la divertida pandilla del grupo de Aquí y de Allá, que por entonces recién surcaba la frontera de los cuarenta (¡ay, dichosa edad!), la escuchábamos decir con aquella su vocecita segura, grave, el cuerpo apoyado como un arlequín sobre la rodilla de su adorado padre, que el principal defecto de Leonora Carrington era su inaguantable delgadez.

He dicho: el talento del padre y la belleza de la mujer que le dio la vida, pero algo más, algo más, si se me permite la licencia, que sólo el ojo avisado de un artista puede vislumbrar: un carácter (y el carácter, ¿quién lo ignora?, es la casa del talento, su palacio y su guarida), un carácter, decía, singular, propio, intransferible. Un carácter cincelado a fuego. Un carácter de chilena, pero también de inglesa, que hubiera deslumbrado al más perspicaz de los psicólogos.

Todo lo tuvo (todo lo que alguien puede tener hasta los veintiún años) pero no fue una niña mimada. Buena hija, buena estudiante, buena amiga, tenaz en todo lo que emprendía, libre como un pájaro; a veces estos mis ojos cansados creían estar mirando a un ser humano con toda una vida pletórica de experiencias y de avatares, y no a una persona, a una exquisita persona nacida en 1952. Tantas eran su amabilidad y su dulzura, su comprensión y su gracia.

La vi por última vez ocho o nueve meses antes de su muerte, en la exposición que realizó su padre en el Círculo Francés de Santiago. Ni que decir tiene que ya era toda una mujer. Como siempre, expelía vida y talento por todos sus poros. Intercambiamos unas pocas palabras. Supe que estudiaba Literatura en la Universidad de Concepción, que escribía poemas (le rogué que me recitara uno allí mismo, pero en una expresión de modestia no lo consideró pertinente), que planeaba viajar a Europa a finales de año, que vivía sola o mejor dicho con su vieja nana mapuche en su casa encantada y encantadora de Nacimiento, que desde hacía un tiempo ya no dibujaba. Consideré esto último como una desgracia y ella me obsequió con una de sus risas, cristalina, franca, henchida de salud.

Después de la exposición dimos una fiesta en honor de Eliseo en casa de los Ortega Basauri. Algunos aún recordarán aquel encuentro con cariño y nostalgia. Nos reunimos los fundadores y los bisoños del grupo de pintores de Aquí y de Allá en feraz camaradería. Los tiempos que corrían no eran serenos, pero nosotros no nos arredrábamos. Patricia también apareció por allí, aunque sólo un instante, en compañía de sus padres y de una amiga con la que proyectaba salir hacia Viña del Mar. Rodeado de periodistas y desconocidos que buscaban mi opinión sobre una amplia gama de asuntos, nos resultó imposible acercarnos el uno al otro. Al cabo de un rato, ella y su amiga ya no estaban y Eliseo se encargó de transmitirme su saludo de despedida.

¿Sospeché, acaso, que sería la última vez?

¡Quién lo sabe!

Sólo sé que lloré como un niño cuando Eliseo, meses después, me telefoneó para darme la noticia. Y en el llanto catártico me acompañaron mi mujer y mi hijo Juan Carlos.

Se ha ido. Se ha alejado de nuestras miserias y tribulaciones. Ya no está con nosotros. Dios nos ha privado de su risa y de su mirada. Todos hemos perdido. Chile entero ha perdido. Su muerte podría ser el mejor argumento para el desánimo.

Sin embargo hay que seguir. ¡Es necesario seguir! Hoy más que nunca.

Acabaré diciendo que Patricia amaba la noche. La amaba por el regalo y el consuelo de las estrellas, nos lo confesó a su padre y a mí un día ya lejano (puro y lejano) en la inmensa galería de La Refalosa, paladeando un té frío tras una jornada agotadora. En la noche inmensa, en la misma noche en que nos perderemos todos irremediablemente, titilan las estrellas. Aquélla es nuestra Cruz del Sur. A su lado el firmamento extiende un manto de astros y de luces. Allí vive Patricia. Allí nos espera.

El de mayor caudal. El que marca la frontera.
El río más hermoso del culo del mundo

Éstos no son los caminos de la Contrarrevolu-
ción, dijo Patricia Arancibia mientras yo temblaba,
son los caminos de Los Ángeles, de Nacimiento, de
la provincia de Bío-Bío. Vamos a mi casa.

El Messerschmitt

En diciembre algunos afortunados vieron aquel avión antiguo sobrevolando Concepción. Fue a la hora en que el sol se hundía en el Pacífico, rodando hacia las islas, hacia los lugares felices, también hacia Japón y Filipinas. El avión surgió del norte, como si viniera de Tomé, entró por Talcahuano y se quedó un buen rato planeando sobre Concepción. Yo estaba en el gimnasio de Investigaciones, transformado en corral para presos políticos, reponiéndome de la última paliza, y no sé de dónde saqué fuerzas para asomarme a la ventana, no sé de dónde nació la certeza de que ver aquel avión era importante.

Fue Gaspar Yáñez el que dijo que un Messerschmitt sobrevolaba la ciudad. ¿Un qué? Un Messerschmitt, compañeros, un avión del Tercer Reich, concretamente, déjenme que lo vea bien, un 109, la joyita de la Luftwaffe, dos ametralladoras de 15 milímetros y un cañón de 30. ¿Y qué hace?, preguntaron los presos. Durante unos segundos Gaspar Yáñez estudió en silencio el rectángulo rojo... ¡Acrobacia aérea! ¡Rizos! ¡Loopings! ¡Saltos mortales! ¡El piloto debe estar loco de felicidad!

Recuerdo que la luz en el interior del gimnasio era amarilla oscura y que todos los rostros estaban vueltos hacia Gaspar Yáñez, asomado como un pirata a la ventana. ¡Chucha de su madre, qué piloto, qué avión, qué maravilla! Sentados en el suelo los hombres y las mujeres escucharon en silencio: el rostro de Gaspar, flaco y huesudo, de nariz ancha y labios gruesos, parecía consumido en el rojo del atardecer. Éstos fueron los cazas de la batalla de Inglaterra, dijo como si rezara. Espera que aparezca un Hawker Hunter y verás lo que le pasa a tu caza, espetó alguien desde un rincón oscuro. Nunca tantos debieron tanto a tan pocos, añadió el decano de la Facultad de Derecho, que dormitaba en una colchoneta mugrienta entre dos mineros de Lota.

Pero éste parece que está trucado, dijo Gaspar. ¡Mírenlo, mírenlo, está echando humo! ¡Qué belleza, caballeros! ¡Qué elegancia, qué gracilidad! ¡A mí no me vengan a hablar mal de la tecnología alemana! ¿Está echando humo, es que se viene abajo, Gasparcito?, dijo una mujer de unos cincuenta años, también de Lota. ¡No, qué se va a venir abajo! Está escribiendo algo en el cielo. La pucha, qué pone, qué pone, se desesperó Gaspar. Debe ser un anuncio, dijo uno de los presos. Entonces yo salté por encima de las mantas, de las colchonetas y de los cuerpos y me asomé a la ventana.

A través de la reja vi el avión, las hélices silenciosas, el perfil cuadrado de las alas, el mismo que aparecía en la revista *Spitfire,* el caza azul acero de los enemigos, extrañamente hermoso. Y luego vi las palabras, el trazo grueso que el viento adelgazaba rápidamente. El texto oscuro escrito en el cielo como quien escribe con la secreta voluntad de ser inteligible sólo mediante un espejo. Y el par de versos, palabras que yo conocía, robados, como tantas otras cosas, de la casa de Patricia Arancibia.

—¡Está anunciando una bebida volcánica! —dijo Gaspar Yáñez, completamente ido—. ¡Está anunciando el principio de la literatura fascista, compañeros!

Calla, loco de mierda, se alzaron voces de protesta. Eran mineros malhumorados.

Por el otro extremo de la ciudad aparecieron dos helicópteros. Volaban bajo, a ras de las azoteas, llevaban pintura verde de camuflaje y se acercaban al perímetro en donde el avión realizaba su trabajo. Sentí vibrar el aire. ¡Combate aéreo!, gritó Gaspar. Nadie le hizo caso. A nuestras espaldas el silencio era sobrecogedor. Me volví: los presos hablaban, comían, dormían, jugaban a las damas con papeles recortados, pensaban. ¡La Fuerza Aérea de la Armada Chilena contra la Luftwaffe! ¡Helicópteros de la isla Quiriquina! ¡Adelante, cabros queridos!, gritó Gaspar mientras empezaba a salirle espuma por la boca y le temblaba el cuerpo sacudido por espasmos cada vez más violentos. Hasta cuatro hombres hicieron falta para sacarlo de la ventana. Yo no me moví. Los helicópteros estaban justo debajo del Messerschmitt. Este muchacho necesita un médico, dijo alguien, o por lo menos un mejoral. La voz era serenísima. Una mujer del grupo de Lota se sacó del corpiño una cajita de mejorales y le tendió uno al que atendía a Gaspar. Los gemidos de éste ahora parecían los truenos que anteceden a una tormenta. Pero no una tormenta chilena: una africana. Observé con pesar el revolar de mantas, las manos que sujetaban la quijada de Gaspar, las opiniones contradictorias que iban y venían, las sombras del gimnasio: más que presos en verdad semejábamos locos.

Cuando volví a mirar por la ventana los helicópteros se alejaban de regreso a sus bases. En el cielo enrojecido de Concepción el avión hizo una última pirueta y luego, soberbio, se elevó y se perdió entre las nubes... Gaspar comenzó a arrancarse mechones de pelo. Sobre el cielo rojo quedaron las palabras grises, licuadas en el aire.

La joyita de la Luftwaffe

Era el mejor avión del mundo, de la negrura del mundo, dijo Gaspar Yáñez a cuatro patas, como un animal mitológico en las últimas; la voz, el silabeo pegado a mi oído, hizo que me despertara de un salto. Todos duermen, dijo Gaspar Yáñez: las vocales salían de sus labios petrificadas por la oscuridad y el miedo. Un movimiento perpendicular lo hacía oscilar desde las rodillas hasta las muñecas. ¿Es raro, verdad? En sordina llegaban voces y risas, ruido de agua que sale de una manguera. ¿Qué es raro?, susurré aún más bajo que el loco, tanto que temí no ser escuchado, pero él escuchó. El avión, dijo. El caza dando vueltas por encima de nuestras cabezas. Le repetí lo que antes habían explicado otros, que la FACH conservaba un avión alemán como pieza de museo, que el avión alemán estaba en Chile desde 1939 aproximadamente, pero al tiempo que hablaba me daba cuenta que yo tampoco creía en esa explicación. Gaspar sonrió (le habían roto, el segundo día de su detención, casi todos los dientes) como si adivinara mi pensamiento. Volví a escuchar las risas y el chorro de agua, imaginé el culebreo de la manguera en el patio de los comunes. Se divierten, dijo Gaspar como si quisiera zanjar un tema y entrar de golpe en lo verdaderamente importante. ¿Quiénes? Los policías. No duermen nunca, debe ser por la conciencia o por un sexto sentido que los advierte de la Soledad. Esos esbirros no tienen conciencia, dije. Gaspar suspiró. Sus pulmones hicieron un ruido rarísimo. Creo que el mundo está lleno de agujeros, dijo, y por ahí se cuelan los cazas. ¿Me has oído hablar de la Soledad? (Extraña pregunta.) Otro agujero, no más. Yo no creo en esas cosas, susurré. No es necesario creer, dijo Gaspar, yo he visto los aviones volando de amanecida y ahí no era cosa de creer o no, tú veías las siluetas en las carlingas, la jeta blanca como miga de pan de Hans Marseille y te dabas cuenta que no había más consuelo. ¿Consuelo de qué?, tartamudeé. Mis vocales también se estaban volviendo de piedra. Consuelo de todo, cuesta admitirlo, dijo Gaspar. Sólo la joyita de la Luftwaffe en el cielo. El 109, seguido de todos los prototipos, incluso de aviones mejores que el 109, debo confesarlo, aunque lo que marca la diferencia es el número. ¿Cómo, cómo?, susurré. El número de tripulantes, en los otros van dos, mi amigo, y así no vale. En el 109 va uno solo y entonces sí que se necesitan pelotas. Despegar de Francia, subir por encima de las nubes y llegar a Inglaterra justo a tiempo para pelear cinco minutos en un viento hecho de sueños. ¿Qué estás diciendo, desgraciado?, susurré. ¿Es que no eras tú locutor de radio? ¿No eras tú el del programa *Adelante con los cabros*? ¿Es que la locura te ha vuelto nazi? Gaspar me dedicó una sonrisa horrible mientras negaba con la cabeza. Luego levantó una mano y me palmeó el hombro. Sin variar de postura, a cuatro patas, se perdió en la oscuridad rumbo a su jergón. Durante un buen rato estuve despierto. Al día siguiente me sacaron al patio, me dieron una paliza y me echaron a la calle.

Family Plot

Efectos del golpe militar en el ámbito de mi familia. Mi madre perdió su trabajo de profesora de Matemáticas en el Liceo n.º 3 de Concepción. Mi padre y mi madre volvieron a hablarse. Mi hermano David fue detenido y golpeado: durante quince días mis padres lo buscaron en las comisarías y en los hospitales. Mi hermano David regresó a casa al cabo de un mes y durante otros treinta días se mantuvo en el más absoluto mutismo. Mi madre lloró y preguntó a gritos qué le habían hecho a su hijo. Mi padre lo observó, lo tocó, le miró la cara y sentenció que de ésa mi hermano David no moriría. A mi hermana Elisenda se le agrió el carácter. Las comidas se hicieron exiguas pero en compensación esta vez la familia entera se reunía para comer. Mi padre cruzaba la calle y comíamos todos juntos en casa de mi madre. O bien mi madre y los tres hermanos cruzábamos la calle y comíamos todos juntos en casa de mi padre. Mi hermana Elisenda dejó de ver tanta tele. Mi hermano David comenzó a entrenarse cada mañana en el patio de la casa. Estudiaba por correspondencia artes marciales: karate, kung-fu, judo. Mi padre, cuando iba a casa de mi madre, lo espiaba por la ventana de la cocina y sonreía. Mi hermano David opinaba, delante de mi madre, de mi hermana y de mí, que con un solo golpe de karate podría derribar a mi padre. La verdad es que los nervios en el interior de la familia estaban muy tensos. Mi madre empezó a preguntarse cada vez más a menudo qué hacíamos en ese país. Mi padre, que solía criticar al gobierno de Allende por su política deportiva, dejó de hablar por un tiempo de deportes. Mi hermano David se hizo trotskista. Mi hermana Elisenda quemó sus cuentos infantiles y luego lloró amargamente. Mi padre intentó hacer el amor con mi madre unas cinco o seis veces y los resultados, a juzgar por sus caras, no fueron satisfactorios. Mi madre volvió a sacar su cancionero y a tocar la guitarra. Mi padre cerró la fuente de soda y poco después la vendió a un sargento retirado de la Armada. Cuando mi hermano David fue detenido por segunda vez y mi hermana vio cómo se esfumaba la posibilidad de ingresar en la universidad mi madre dijo que ya era suficiente. Vendió su casa, sus muebles y sacó pasajes de avión para Lima. Mi madre hubiera querido sacar billetes para Madrid, pero no le alcanzó la plata. Mi madre lloró cuando yo me negué a acompañarlos. Mi hermano David me trató de maricón y de eunuco. Yo respondí que maricón puede, uno nunca sabe, pero que eunuco seguro que no. Malévolamente añadí que mi padre pensaba que los eunucos eran quienes practicaban artes marciales importadas de Oriente. Mi hermano David quiso golpearme. No le pegues en la cabeza, gritó mi madre. Los días que antecedieron a la partida fueron como el rosario de la aurora. Mi hermano David se reconcilió conmigo. Nos abrazamos los tres: David, Elisenda y yo. Prometí a mi madre que juntaría dinero y me reuniría con ellos. Prometí que no me metería en problemas. Mi padre y yo acompañamos a mi madre y a mis hermanos a Santiago. Mientras el avión despegaba mi padre se puso a hablar solo y luego se mordió los nudillos. Comprendí la pena que sentía. Imaginé a mi madre y a mis hermanos en sus asientos, con los cinturones abrochados, tristes pero llenos de energía, desafiando el futuro y lo que éste les deparara, fuera lo que fuese. Mi padre, en cambio, me pareció al borde de la muerte, la cara contraída, como si a las arrugas de fuera se agregaran las arrugas de dentro. Nunca como entonces mi padre se asemejó tanto a un boxeador sonado. Volvimos en tren a Concepción. Para el viaje mi padre compró un pollo rostizado y una botella de vino. Comimos y bebimos a intervalos, no sé por qué. Mi padre no pegó ojo. A veces me despertaba el ruido que hacía al chupar un ala, un ruido muy peculiar, cogía el ala con una mano y la iba chupando muy despacio, con la mirada perdida en la oscuridad del vagón. Nunca más los volveré a ver, dijo mi padre. Dos semanas después llegaron las primeras postales. La postal de mi madre era bastante optimista. La de mi hermano más bien parecía un jeroglífico o un crucigrama, nunca comprendí sus claves, si es que las tenía. La de mi hermana era la más imbécil pero al mismo tiempo la que me hizo más gracia, tal vez por su inocencia. Básicamente contaba los pormenores del viaje Santiago-Lima. Lo que más le había gustado fue la película que vio en el avión. *Family Plot,* de Alfred Hitchcock.

El sueño

Comencé a soñar con la ciudad oscura muchos años después de la muerte de Patricia Arancibia... Un muchacho de diecisiete años caminaba por calles abiertas, flanqueadas por altos edificios... Sus pasos eran largos, casi felinos... El muchacho tenía diecisiete años, no sé por qué, pero estoy seguro de su edad... También estoy seguro de su valor... Llevaba una camisa blanca y pantalones negros, muy anchos, que el viento movía como una bandera... Llevaba zapatillas que en otro tiempo fueron blancas pero que en el sueño eran de un color indeterminado... Tenía el pelo largo y aunque su rostro permanecía en la sombra yo adivinaba unos ojos oscuros de lobo o de coyote... Las calles eran enormes, algunas de cemento, algunas empedradas, pero enormes y vacías... Sólo el muchacho caminaba por ellas a grandes zancadas, feliz de estar vivo y de que el viento tibio ondeara sus ropas... Después aparecían cuatro o cinco personas... Todos se conocían y caminaban un trecho juntos... Luego el muchacho y sus acompañantes se detenían en un saliente del camino... Bajo ellos había una quebrada y más allá las siluetas de otros edificios... En medio de éstos, imponente, como cuatro catedrales y cuatro campos de fútbol, se alzaba el cine... El cine Diorama... El muchacho y sus acompañantes admiraban el paisaje os-

curo y sacaban cervezas y drogas de alguna parte...
Poco a poco sus gestos se hacían más intranquilizadores... Gesticulaban, discutían... Uno de los tipos, un
gordo con los pantalones entallados, cogía al muchacho del cuello y lo lanzaba en medio de la calle... Los
demás se reían... Entonces en la mano del muchacho
aparecía una navaja y se dirigía al gordo... Nadie notaba nada, pero las risas se petrificaban... El gordo
recibía la puñalada en el estómago... Podía percibir
la tensión en el brazo del muchacho... Su decisión
apenas teñida de asco... Podía sentir su asco doblegado por el esfuerzo del brazo... Luego comenzaba
la tormenta...

Un trago en el camino

¿Cherniakovski? ¿Juan Cherniakovski? ¿Iván Cherniakovski? El poeta Cherniakovski. Lo recuerdo, dijo el profesor de Álgebra, nadie que lo hubiera visto una vez podría olvidar a Cherniakovski. Tenía la mejor pinta que pudiera desearse, dijo, en aquellos años, el 71 o el 72, las mujeres iban como locas detrás de él, tú me comprendes, ¿no? Yo no soy maricón, aquí donde me ves no te vas a figurar que me interesa un pito la moda, pero tenía ojos o al menos podía distinguir las cosas con menos esfuerzo que ahora, cuestión de dioptrías, ideológicamente todo sigue igual de oscuro que entonces, no sé si me entiendes, debe ser que la historia y la gente están hechas para la confusión, no sé, flaquito, a veces pienso que lo más normal sería que todos nos suicidáramos, pero por suerte tengo a la señora y a los cabros y sigo en el tajo. ¿Qué te estaba diciendo? Cherniakovski, Juanito Cherniakovski, un gran poeta, aunque de mí no te puedes fiar, hace años que no leo un verso y pensar que hubo una época en que los escribía. Ni a Zurita he leído, con eso ya te lo digo todo. Ni a Zurita, ni a Millán, ni a Maquieira, aunque sé que todavía no se han muerto. Qué te voy a decir de los que se exiliaron. Ésos como si no existieran. Bueno, qué te estaba contando. Juanito Cherniakovski. Buen tipo. El Hijo del Mar Muerto lo llamaban los fachas de Economía, no sé si captas el respeto o el miedo que inspiraba, incluso en un mote que pretendía ser despectivo. Te das cuenta, no le decían judío de mierda, hay una diferencia sustancial. No sé, la verdad, qué tenía Cherniakovski, pero inspiraba respeto. No te vayas a creer que era un matón de izquierdas, de esos que abundaron tanto, desgraciadamente, ni que levantara la voz, ni que amenazara a nadie. Me parece que Cherniakovski se imponía por su belleza. Ríete, no más. ¿Tú has visto pinturas de Durero, flaco? ¿Y te acuerdas de esa que se llama *Oswolt Krel*? ¿No lo has visto en tu vida? Se trata de un óleo sobre tabla, con dos tablas más pequeñitas que constituyen la cubierta del retrato de Oswolt Krel y en donde, junto con los escudos de armas de la familia, aparecen, uno en cada cubierta, dos bosquimanos rubios de aquí te espero. Pero lo importante es el retrato del Oswolt. ¡Igualito a Cherniakovski! ¡Pura energía! ¡Pura energía trágica!, si entiendes a lo que me refiero, flaco. Así era Cherniakovski, tenía los ojos más trágicos y más cargados que he visto nunca, aunque puede que exagere: he visto muchos ojos desde entonces, o al menos a mí me parece que son muchos. ¡He visto ojos hasta en la sopa, flaco! ¿Tú no? ¡Brindemos por eso! Oswolt Krel, carajo. Juanito Cherniakovski en persona... Respetado, admirado y querido, pero un pelo en el aire, como el Oswolt, sin ir más lejos. Un pelo de algo raro en los ojos. ¿Un pelo? No, huevón, rectifico, una pelambrera. ¡Tendrías que ver el cuadro, flaco! Oswolt Krel contempla algo terrible, ¿verdad?, se le nota, pero se contiene, se aguanta, sólo los ojos, que son el espejo del alma, reflejan la alucinada que el espectador no ve. ¿Tiene miedo? Puede, pero se aguanta y ésa es su virtud... Así era Cherniakovski... Se aguantaba... Por lo demás era un buen tipo, bastante sencillo... Se exilió hace tiempo, me parece... Fue una pena que dejara su taller de poesía, nos lo pasábamos bien, ¿pero qué otra cosa podía hacer? ¿Que cuánto tiempo asistí a su taller? ¡Toda mi juventud, compadre! Y conocí a las hermanas Pons, te lo aseguro. Dos muchachas bonitas y buenas poetisas. Sobre todo la Edna Pons. La otra no me acuerdo cómo se llamaba. Lisa, eso es. Lisa y Edna Pons. Las joyas de Cherniakovski. Del resto del taller, bueno, me acuerdo de dos estudiantes de Periodismo, de otros dos o tres de Letras, del actor Javier Oyarzún, qué suerte ha tenido el concha de su madre, y de ti, claro... ¿Cómo dijiste que te llamabas? ¿Belano? ¡Pico! Rigorín Belano. Claro que me acuerdo. Parece que no, pero sí. El declamador, ¿verdad? ¡No te pongas colorado, flaco! ¡Son bonitos recuerdos! ¿Que si vi a alguien desconocido en el taller poco antes del golpe? Cuantifícame ese poco. ¿Dos o tres meses antes? Hombre, no a uno, en esa época el taller parecía un circo de tres pistas, eran muchos los desconocidos, los que iban sólo a leer un manifiesto o a pasar la tarde: vivíamos en la fiesta y en la movilización permanentes, ¿no te acuerdas? Y el taller siempre estuvo abierto... No era como el de Fernández, ¿verdad?, más estricto o más elitista. ¿Un poeta? Pero, flaquito, si en esa época todos éramos poetas. Déjame que te diga algo: Cherniakovski era el único que parecía conocer a todo el mundo, sólo él te podría dar luz, pero quién sabe dónde andará Cherniakovski a estas alturas del partido. Eso es lo único que te puedo decir, perdona. ¡Rigorín Belano! Me ha dado mucho gusto hablar contigo, huevón, pero ahora tengo que dejarte. El deber me llama y todavía puedo colocar algo. Es duro vender electrodomésticos a domicilio, pero en el fondo es un empleo seguro y como además la venta es a plazos, pues mucho mejor. Ten en cuenta que virtualmente somos la única empresa del ramo. La competencia no pudo resistirlo, flaco... Deja, pago yo... Tengo plata y el Tuerto me hace un precio especial...

El sueño (2)

El muchacho de la camisa blanca caminaba por las calles de la ciudad oscura... A lo lejos, recortada sobre el horizonte, veía la silueta del cine... Pero no, recortada sobre el horizonte podría equivocadamente llevar a pensar que el cine estaba sobre un terreno plano y no era así... Las calles subían y bajaban, constantemente aparecían escaleras de piedra abrillantadas por el relente de la noche... La ciudad, o al menos aquella parte de la ciudad, parecía edificada sobre colinas y riscos... Un terreno irregular, cubierto de piedra y cemento, flanqueado por quebradas en donde se acumulaban las bolsas de basura negras y relucientes como las piedras... Y también había columnas... Columnas romanas o griegas, que sostenían jarrones... Jarrones comunes y corrientes: los floreros del infierno, mascullaba el muchacho... El muchacho miraba los jarrones (sin flores) y los pilares con el rabillo del ojo... Sé que el muchacho tenía prisa y no miedo... Si me pudiera subir a un pilar, pensaba, y meter la mano dentro de uno de esos floreros... En el rostro del muchacho cubierto de sombras se dibujaba una sonrisa blanca con estrías amarillas como filamentos de oro... Imperceptiblemente la silueta del cine se hacía cada vez mayor... En la taquilla, hecha de piedra y cartones, no había nadie... De todas maneras el muchacho no pensaba comprar una entrada... A grandes zancadas se internaba por los pasillos interiores del cine... Los pasillos parecían segmentos de un parking subterráneo, eran demasiado grandes y las cortinas que cubrían las paredes de cemento mal disimulaban un enjambre de tubos... Finalmente abría una puerta de dos hojas y entraba en una galería lateral... Desde allí podía ver sólo una parte de la pantalla... Los rostros proyectados, un primer plano de dos rubias platino, se movían con una lentitud exasperante... El muchacho observaba la escena sin sentarse... La galería era estrecha y alargada... En el fondo se acumulaban sillas de paja y una hilera de butacas podridas por las tormentas... El muchacho sacaba de un bolsillo del pantalón un paquete de Cabañas y un encendedor de oro... Junto con la navaja aquéllas eran sus únicas pertenencias... Encendía el cigarrillo y el humo velaba sus ojos como una pantalla diminuta entre él y la pantalla del cine Diorama...

El remero del azar

Las hijas de Walt Whitman tienen las pelotas peludas
Las hijas de Walt Whitman son unas borregas lanudas
Las hijas de Walt Whitman dejan sus naves picudas
Comiendo pechugas
De pavo

Firmado en el aire: Carlos Ramírez
Teniente de la FACH

—¿Qué te parecen los versitos? —dijo Bibiano Macaduck.

—No sé...

—Son una mierda. El milico culiao se cree Céline.

—¿También lo incluyes en tus *Señales*?

—Toda su obra, compadre. El súmmum de la jetonería, Dios los confunda, manada de mongólicos...

—Pero ese poema no está en el *Ojo Avizor...*

—Ah, es que uno tiene sus datos. Los versículos en cuestión fueron encontrados en la Biblioteca de Concepción, en el anaquel de las letras perdidas, entre una monografía del Séptimo de Línea —libro delirante que situaba a nuestros bravos en plena escalada al Machu Picchu— y una edición de Crawford e Hijos sobre ciertas pesquisas de nuestro botánico nacional, llena de dibujos con la flora y algo de la fauna de la patria. ¿Cómo se llamaba el botánico, mierda? ¡Debo estar mal, Rigorín! Me acuerdo del editor, desaparecido hace más de sesenta años, y no recuerdo al botánico nacional.

—Philippi.

—Eso. Rudolf Amand. ¡Qué me pasa, Señor!

—Cálmate, Macaduck. Lo encontraste entre el Séptimo de Línea y Philippi. ¿Pero qué encontraste, concretamente?

—La plaquette con el poema, pues, huevón. Con versos del Ramírez, de un tal Ismael Copero y de otro que no me acuerdo. Todos apretaditos en un ejemplar tipo tabloide de ocho páginas. El engendro responde al nombre de *Semana Santa,* cágate. *Semana Santa,* ¿captas la sutileza? Las iniciales: SS.

—No exageres.

—Bueno...

—¿Y dónde podría ver esa plaquette?

—Ya te lo he dicho, huevón, en la biblioteca. Te haré un mapa para que puedas llegar al famoso anaquel sin marearte. Raros libros se esconden en ese hoyo. En el estante de Ramírez se abraza el fascio con los nazis y los nacionalgremialistas. Quiero decir, su expresión artística, los matones en el plano sublime. La verdad es que no hay mucho donde escoger, pero se percibe una voluntad, una línea trazada desde principios de siglo y seguida, con mayor o menor fortuna, generalmente con nula fortuna, a rajatabla. A veces intento imaginar cómo será la rata que va a depositar esos libros allí. La rata o el monje.

—Iré a verlo con mis propios ojos —dije.

—Mejor espérate a leer mis *Señales*. En ese cantón polvoriento sólo te confundirás un poquito más, Rigorín.

—De todos modos, iré —dije.

—¿Qué crees que quiso decir con eso de que las hijas tienen las pelotas peludas?

—Pues que son hombres, Bibiano, las hijas de Walt Whitman son hombres, por eso tienen los testículos peludos, digo yo... Se referirá a Neruda, a Sandburg, a De Rokha, a Vachel Lindsay...

—¿Y cuando dice que son unas borregas lanudas?

—Hombre, lanudas está ahí para rimar con peludas, no veo otra razón: todas las borregas son lanudas. A menos que se refiera a que tienen plata. Borregas ricas. Pero lo dudo.

—¿Y cuando las hijas de Walt Whitman *dejan* sus naves *picudas*?

—Lo mismo: para rimar. Igual daría suben a sus naves picudas o hunden sus naves picudas, como Hernán Cortés.

—Mira, yo lo veo así. Walt Whitman es América. «Las hijas de Walt Whitman tienen las pelotas peludas» se refiere a las amazonas o a los ángeles, habitantes primeros del continente. El segundo verso, el de las borregas lanudas, quiere decir que las amazonas han olvidado su naturaleza y se han confundido con el nuevo rebaño, la inmigración europea, y que encima tienen oro: dinero o sabiduría. El tercer verso, cuando las hijas de Walt Whitman dejan sus naves picudas, se refiere a la llegada de las amazonas a América. Al señalar a Hernán Cortés, inconscientemente y de forma oblicua, das en el blanco. El cuarto y quinto, comiendo pechugas de pavo, sugiere, no, afirma que las amazonas bajaron a la Tierra devorando, incluso diría *devorando despreocupadamente*, a sus padres, los Dioses del Cielo.

—Me jodiste, Macaduck.

—En realidad los hechos narrados en el poema no están en orden cronológico. Si lo leyéramos así otro gallo nos cantaría en la cholla:

Las hijas de Walt Whitman dejan sus naves picudas
Comiendo pechugas
De pavo
Las hijas de Walt Whitman tienen las pelotas peludas
Las hijas de Walt Whitman son unas borregas lanudas

y mejor todavía: intercalar el adverbio ahora. Las hijas de Walt Whitman ahora (en el tiempo actual, tiempo de lucha y destrucción) son unas borregas forradas (se camuflan complacientes con los sanos trabajadores, las sanas madres de familia). Y el pavo, como seguramente sabrás, en algunas culturas es sinónimo de soberanía, de riqueza y poder... Tanto en Europa como en América el pavo encarna al padre...

—Yo siempre pensé que a los niños un poco atontados se les llamaba pavos. En la escuela, durante un tiempo, me llamaron así.

—También eso es cierto, como contrainformación... Queremos creer que los Dioses son estúpidos. Pero no levantamos ni un dedo ante su ira. Sólo las amazonas han sido capaces, hace ya mucho tiempo, de comérselos...

—Entonces, según tú, el mensaje oculto del poema es...

—Se nota que en Mitología te pusieron un cero, Rigorín. Las minas en cuestión devoraron a sus papás y bajaron a la Tierra muy creídas, sacando pecho, ¡incluso comiendo!, ¿te haces una idea de la película? Como los comensales de *Ataque a Venus,* que están cenando cuando lanzan una bomba de hidrógeno sobre San Francisco y ellos salen a la terraza con alas de pollo en las manos o copas de vino, y siguen masticando o bebiendo mientras a lo lejos crece el hongo atómico, ¿la viste?

—La vi.

—Pues igualito. Las amazonas salen de sus naves con la tranquilidad de la victoria, la paz que le entra al cuerpo por todos los poros cuando el sudor se seca y ya ha acabado todo. Llegan, ven y vencen. No obstante, en el mero hecho de que el poeta (especialmente el poeta Carlos Ramírez) testimonie la llegada se esconde, en germen, la promesa de su destrucción.

—¿La destrucción de quién?

—De las amazonas, pues, hombre.

—¿Y por qué? ¿Por qué las va a destruir?

—Te lo diré, pero no grites. Podría mencionarte unos sesenta libros de psicología. No obstante seré conciso y claro: el tipo tiene un problema con las mujeres...

—Ah, eso es todo...

—No, eso no es todo. Yo diría que tiene músculos. El hijo de puta, si me permites la licencia poética, es un remero del azar...

Cherniakovski enseña dos imágenes de la India en el taller de poesía de la Universidad de Concepción, 1972

Las fotos pertenecen a dos fotógrafos, a dos libros y a dos voluntades de mirar la India. Unas fueron tomadas por Frederic Chester, inglés, y pertenecen al libro *El manantial de la raza aria*. Las otras son de Eduardo *Lorito* Lozano, fotógrafo argentino, e ilustran el libro de la doctora Amalfitano *Las castas secretas*. Yo creo que se complementan, si bien la complementariedad se da en una esfera salvaje, llena de espejos y de calor. Los rostros, sin embargo, son nobles e indiferentes, como si supieran algo que nosotros no sabemos. Como si aceptaran, quiero creer que tras una lucha milenaria, algo que nosotros probablemente no aceptaríamos. El rostro de Cherniakovski estaba demudado... Recuerdo que era invierno y llovía a cántaros. En el taller estaban las hermanas Pons, Javier Oyarzún, Fuenzalida y yo hablando de Rilke. Cherniakovski llegó con diez minutos de retraso. En las manos traía un proyector de diapositivas. El proyector y él estaban mojados. Sin secarse enchufó el proyector y empezaron a pasar las diapositivas. No hubo necesidad de cerrar todas las cortinas: el cielo estaba encapotado de nubes bajas y negras. El agua goteaba por las ventanas. Ése es un brahmán, dijo Cherniakovski. La fotografía de un hombre de cabellos blancos y barba blanca, piel oscura, ojos oscuros, labios entreabiertos como dirigiéndole la palabra al hombre que está al otro lado de la lente. Cherniakovski sorbió por la nariz. Se sucedieron fotografías de aldeas y ciudades, aunque era difícil precisar cuáles eran las aldeas y cuáles las ciudades. Niños con pantalones cortos, Talcahuano, dijo Javier Oyarzún. Busqué en la semipenumbra el rostro de Cherniakovski. Estaba muy serio y sus ojos no podían separarse de la pantalla. El brahmán, murmuró Cherniakovski. Nuevamente vimos al viejo de la barba blanca, ahora sentado sobre una piedra. Luego un autobús bermejo, con rayas blancas, cargado hasta los topes, y la figura de un dios en una ermita del camino. Los ojos del dios eran verdes. El proyector producía un sonido de batidora y entre foto y foto la pantalla permanecía en blanco: un trozo de pared extrañamente iluminado. Algunos encendieron cigarrillos. Cherniakovski dijo: ése es un brahmán, ¿saben qué está haciendo? El acento empleado para formular la pregunta incomprensiblemente consiguió estremecernos. Era como si la lluvia estuviera dentro del taller. Cuando quisimos fijarnos, la foto había salido. Bis, dijo Javier Oyarzún, pero ya aparecían otras instantáneas de las calles y los habitantes de aquella ciudad. Indios comiendo en los mercados, viejas con tenderetes en el suelo, mendigos con Ray-Ban negras. Afuera la lluvia azotaba literalmente las paredes. En la pantalla apareció un camino, el viejo brahmán y la sombra del fotógrafo. Después otra foto, más cercana, el brahmán mirando de reojo el objetivo, con una sonrisa de disculpa.

En la siguiente el brahmán le daba la espalda al fotógrafo y se alejaba rumbo a una ciudad que se adivinaba en el horizonte. La ciudad apenas se veía y el aire era sucio, picado por el humo y la neblina. Seguían cinco o seis diapositivas hasta que el viejo desaparecía en un recodo. Cherniakovski tosió. ¿Qué hace el brahmán?, dijo. Tras intercambiar opiniones sólo pudimos llegar a la conclusión de que el brahmán caminaba hacia una ciudad. ¿Calcuta?, dijo Javier Oyarzún. Bombay, dijo Cherniakovski. Y el anciano no sólo camina, mira constantemente el suelo. ¿Por qué? Para no matar. Ni una hormiga. Por eso, cuando viaja a pie, y me parece que estos santos sólo viajan a pie aunque no lo puedo asegurar, el viaje se dilata tanto. Una distancia de veinte kilómetros puede prolongarse por espacio de cuatro días, pero a ellos no les importa. Ese tipo preferiría morir antes que hacerle daño a una mariposa. Ahora vean esto. Suspiramos y volvimos a fijar la vista en la pantalla. Definitivamente estábamos mejor con Rilke. Una habitación en la India. Velas encendidas y rostros que emergen de la oscuridad como de una piscina negra, sonriendo a la cámara. ¿Mujeres? No, hombres vestidos con saris y con los ojos pintados. Travestis, dijo Javier Oyarzún. Eunucos, se escuchó la voz de Cherniakovski desde el fondo del taller. Lo miré. Sus ojos pendían hechizados del haz de luz. Los eunucos celebraban una fiesta. En un rincón de la habitación, un niño. Está desnudo. Un hombre de pelo largo y blanco ata sus pequeños testículos con un lacito amarillo. Cherniakovski dejó que la luz blanca se instalara en la pared. Ahora proceden a emascularlo, dijo.

La operación la realiza el gurú de los eunucos. Vimos el rostro flaco del niño. Unos diez años, tal vez once. Flaquito y sonriente. Y Gabriela Mistral está muerta, oímos la voz suave y peligrosísima de Cherniakovski. Sobre este particular debo insistir: la voz era tan letal como un bumerang afilado, y tan real que yo agaché la cabeza. ¿De dónde mierda sacaste estas fotos?, preguntó retrepado en su silla, horrorizado, Javier Oyarzún. Cherniakovski no contestó, encendió un cigarrillo y se sentó en una de las muchas sillas desocupadas. El proyector siguió funcionando solo. El soniquete de batidora poco a poco volvió a ser absorbido por el ruido de la lluvia. La lluvia parecía decir: salgan a la calle y disfruten de su juventud. Indios caminando, trabajando, comiendo, durmiendo, pero sobre todo indios caminando. Como si las fotos estuvieran atrapadas... Con la cabeza ardiendo miré la pantalla por última vez. Me pareció ver a Juan Cherniakovski, allí, dentro de la foto, muy sucio y con el pelo más largo, fumando un cigarrillo y caminando entre la muchedumbre. Pero seguramente sólo era otro indio.

Conferencia de Bibiano Macaduck en el Club de los Cortapalos de Concepción

Cherniakovski, cuando acabó la guerra, se marchó a otro país. Me figuro que buscaba aventuras o descanso o extirpar de su cabeza las imágenes de la alucinada. El caso es que se fue a una de estas ciudades latinoamericanas que tan esforzadamente simulan el infierno. Había de todo: pistoleros, mendigos, putas, explotación de niños, lo que uno quisiera. Cherniakovski se instaló en casa de un periodista. En aquellos días por supuesto su nombre era diferente. Pongamos que se llamaba Víctor Díaz. Al principio vivió con cierta tranquilidad. Tal vez la tranquilidad se debiera a que no salía. Víctor Díaz era un tipo casero, que se levantaba tarde, pasada la una, que se hacía su cafecito él solo y se lo tomaba con todo el tiempo que hiciera falta. Según el periodista, Víctor Díaz escribía poemas, muy poquitos, de pocos versos, pero eso sí, muy pulidos, como era norma en sus viejos colegas de Concepción. Los nacidos en la década del cuarenta escribían poemas breves. Los nacidos en los cincuenta, poemas ríos. Los nacidos en los sesenta, encefalogramas planos. Je, je, es una broma. Bueno: Víctor Díaz volvía a escribir poemitas y sólo abandonaba la casa del periodista para comprar comida y cosas afines. Hasta que una noche aceptó salir de juerga con unos amigos (amigos del periodista) y conoció la zona roja. Mala cueva. Los ojos, que parecían haberse suavizado en la soledad y la paz, volvieron a afilarse. El cuerpo entero se le iluminó después de aquella primera noche. A la semana siguiente repitió la incursión, pero esta vez solo. Y todas las noches que siguieron a aquélla. Según el periodista, Víctor Díaz buscaba que lo cosieran a puñaladas o que le pegaran un tiro, pero ustedes y yo sabemos lo duro de pelar que era Cherniakovski. ¡La buena suerte que tenía el mariconazo! Resultado: se hizo amante de una puta de quince o dieciséis años. La puta tenía un hermanito de doce. Los jefes de la prostitución de la zona roja querían vender al mocoso. Aquí no está claro si lo querían vender como puto o como carne fresca para trasplantes de órganos. Ambas actividades son lucrativas. Víctor Díaz sorbió toda la información que le proporcionó su amante como un adicto con síndrome de abstinencia. Hay hombres, doy mi palabra de honor, que poseen una facultad misteriosa, incluso sobrenatural, para conseguir todo tipo de armas en todo tipo de situaciones. Víctor Díaz era uno de éstos. Una noche apareció con una Parabellum española y se cargó a dos gerifaltes y a tres guardaespaldas. La sangre lo volvía loco. En fin, otras versiones indican que sólo mató a uno. Y la intuición de este conferenciante abunda en otro punto: el muerto era el padre de la puta, que no del hermanito. En cualquier caso, hubo un crimen. Hubo sangre. Y todo hubiera acabado en una de las típicas catástrofes en el trópico de no ser por la fémina de esta historia. Demos gracias a los ángeles de que la puta adolescente era mucho más razonable y lista de lo que cualquiera hubiera pensado, porque de lo contrario Víctor Díaz estaría muerto. Aunque sobre este punto todos tenemos nuestras dudas. Bien: la putita lo escondió y es de suponer que, más tarde o más temprano, salieron del país. La puta, su hermanito y Víctor Díaz. Éste tenía contactos y al parecer sus compañeros se cuadraron. Los tres emprendieron viaje hacia algún país europeo. ¿Se casó Víctor Díaz con su amante adolescente? ¿El hermanito fue a la escuela, se integró en aquella cultura extraña y extraordinaria? ¿Aprendió a hablar francés, inglés o alemán? ¿En qué consistió la victoria de Víctor Díaz, en instalarlos en un suburbio del Desarrollo? Fehacientemente nunca podremos contestar estas preguntas. Víctor Díaz los acomodó y al cabo de un tiempo volvió a marcharse. El Terrorismo Internacional reclamaba a nuestro compatriota en otras tareas...

Conferencia de Bibiano Macaduck en
el Club de los Cortapalos de Concepción (2)

He hablado de un niño y de un sacrificio. Sacrificio en el sentido comercial de la palabra. Ahora me parece que debo añadir un par de cosas. La red de tráfico de niños para trasplantes de órganos se extendió por Latinoamérica más o menos por la misma época en que Juan Cherniakovski o Víctor Díaz vagaba por los escenarios bolivarianos con los ojos inyectados en sangre. La imagen no es mía, ya lo han adivinado, sino de un periódico sensacionalista. Yo creo que la historia transcurre como en uno de esos teatros mal llamados de vanguardia: en una noche artificial, Víctor Díaz, uno más entre una legión de machos latinoamericanos con escalofríos y somnolientos, llega por casualidad al ojo del matadero. La escenografía es roja y deambulan los niños en un corral refrigerado a la espera de su destino. Éste es volar legal o clandestinamente rumbo a clínicas privadas de Estados Unidos o Canadá, en algunos casos a clínicas de México, Guatemala, Puerto Rico, y allí ser intervenidos quirúrgicamente. De todos es sabido (pues *El Mercurio,* de vez en cuando, se encarga de informarnos) que las colas de quienes esperan un riñón, un páncreas, un corazón suelen ser enormes. Así que, si te lo puedes pagar, y en los países de Democracia Real hay dinero, sale más cómodo y sobre todo más seguro operarse en una clínica privada como las ya citadas. La red está dirigida por profesionales y es eficiente. *Siempre* hay material. Esto es importante si eres un ingeniero de San Francisco y necesitas un hígado ya mismo o se acaba la fiesta. Es importante si eres un buen padre y sabes que si a tu pequeño de seis años no le hacen un trasplante de corazón en menos de quince días se te morirá en los brazos. El amor, es sabido, mueve montañas y no repara en gastos. El amor por uno mismo o el amor filial. La necesidad crea el mercado. Y el mercado crece y se perfecciona. En el teatro al que nos hemos referido los niños vagan entre avenidas deprimentes y palmeras. Junto a ellos se desarrollan otras historias no menos sanguinarias, pero el azar que es como el Diablo y junta el alfa con el omega ha querido que Víctor Díaz, que en otro tiempo, cuando no era Víctor Díaz y gustaba de los versos de Gabriela Mistral, se sumergiera en este horror. La escenografía es roja y entre las palmeras se mueven los jefazos y las bandas de crápulas. Mujerzuelas espantosas, como la bruja de *Hansel y Gretel,* hacen el papel de controladoras de salud. Los niños mendigos, los niños vagabundos constituyen la materia prima de uso corriente. Son relativamente fáciles de coger y pocos reparan en su ausencia, pero tienen un inconveniente que los equipos médicos de las diversas clínicas ponen enérgicamente de manifiesto: no siempre están sanos, sus órganos suelen estar débiles o estropeados. Los gangsters cavilan en la tierra de Bolívar y San Martín y tras los cenáculos las órdenes cruzan el teatro con la velocidad que sólo pueden imprimir los comer-

ciantes aplicados. Bajo las palmeras, cuando un sol
de papel satinado, perfecta imitación de un sol de
Siqueiros, se pone sobre las azoteas más tristes de la
Tierra, los jenízaros se dedican a robar niños mejor
cuidados. Hablando cinematográficamente, pasan
de *Los olvidados,* de Buñuel, a cualquier película de
Joselito. No son niños de clase media, obviamente,
sino hijos de trabajadores. Es más, para que los ojos
de Víctor Díaz exploten como bombas de neutro-
nes, diremos que son hijos de *trabajadoras.* Costure-
ras, obreras del calzado, camareras, maestras, alguna
que otra puta de corazón de oro. El negocio prospera a pasos agigantados. En el ámbito de los palmerales y más allá, todos conocen su existencia y hablan
de vez en cuando y por lo bajini de ello. Pública-
mente nadie dice esta boca es mía, o estos ojos son
míos. (Las autoridades criollas responden adecuada-
mente tapándose las orejas.) Como los tres monitos,
como la versión en dibujos animados de los tres monitos de Harman e Ising. Peores, si cabe. Los jefazos
son eficientes y nada escandalosos. La prensa deleita
a los ciudadanos bien informados con las intimida-
des del tráfico de drogas y el tráfico de armas, que se
desarrolla como en una pintura flamenca, en el primer plano del cuadro, mientras en el fondo una ris-
tra de niños va siendo embarcada rumbo al matadero. (Para mayor información recomiendo la lectura
del poema de Auden, aquel que empieza: *About suf-
fering they were never wrong, / The Old Masters: how
well they understood / Its human position; how it takes
place / While someone else is eating or opening a win-
dow or just walking dully along...,* etcétera, etcétera,

aunque supongo que ustedes, como buenos chilenos, con Auden nada de nada.) El silencio, decía, es casi total. De vez en cuando alguna noticia, pero no en periódicos ni en la televisión, sino en revistas, a la manera de las historias sobre platillos voladores. Sabemos de su existencia, pero la realidad es tan dura que preferimos ignorarla. La humanidad avanza así. Primero nos pareció horrendo el atraco en una calle abandonada y peor el robo con escalo, pero terminamos aceptándolos. Hemos pasado del asesinato perfecto al campo de concentración y la bomba atómica. Nuestros estómagos parecen de acero, sin embargo aún no somos capaces de digerir el canibalismo infanticida, pese a los consejos de Swift y Dupleix. Lo admitiremos, finalmente, pero aún no. Mientras tanto el negocio prospera bajo los palmerales y el sol de Siqueiros sube y baja como un mandril loco. Las brujas realzan con maquillaje francés sus verrugas. Los recaptadores de niños juegan a las cartas y se manosean las partes pudendas como Narcisos degenerados, padres y hermanos nuestros. Víctor Díaz se enamora de una putita adolescente (él, que más bien prefería el afecto de los hombres) y abraza el Terror. Su fórmula es expresada mientras cae el telón: si el Paraíso, para ser Paraíso, propicia un vasto Infierno, el deber del Poeta es convertir el Paraíso en Infierno. Víctor Díaz y Jesucristo comienzan a quemar los palmerales.

Sobre los sucesos acaecidos la madrugada del 13 de diciembre, 1988, en la estación de Perpignan

Monsieur Benoît Hernández, cuarenta y tres años, casado, natural de Avignon, que en las fechas de autos se encontraba en Perpignan en función del oficio que desempeña, prueba documentalmente ser representante de vinos de la casa Peyrade, de Marsella, sin prontuario policial.

La noche del 12 al 13 de diciembre M. Hernández cenó con M. Patrick Monardes, con quien pensaba ultimar la compra de ciento cuarenta cajas de vino Gran Reserva XXX de la Cooperativa Vitivinícola de Port-Vendres; se adjunta declaración de M. Monardes corroborando lo anterior y se hace notar que la casa Peyrade mantiene tratos comerciales con la Cooperativa de Port-Vendres desde hace cinco años.

M. Hernández y M. Monardes cenaron en el restaurante Coelho, en donde M. Monardes es habitual y bien conocido tanto por el patrón como por los empleados. Se adjunta declaración de M. Coelho, del camarero que sirvió a M. Monardes y a M. Hernández, y del cocinero al que los mencionados Monardes y Hernández visitaron en dos ocasiones (es decir: penetraron en la cocina) entusiasmados por la calidad y la originalidad de los platos y también algo achispados por el vino ingerido.

Concluida la cena se dirigieron a la discoteca de moda El Reloj de Cuero, sita en el centro de nuestra villa. En dicho establecimiento M. Monardes y M. Hernández permanecieron hasta las cinco de la mañana, aproximadamente, aunque ninguno de los dos es capaz de precisar la hora con exactitud. Se adjunta declaración de Jean-Marc Rivette, camarero de El Reloj de Cuero, quien afirma haber servido bebidas alcohólicas a M. Monardes, a quien conocía con anterioridad a los autos, y a un acompañante masculino de M. Monardes, con toda seguridad M. Hernández. En su declaración Jean-Marc Rivette alude haber visto a Monardes y a Hernández bailando en la pista central de El Reloj de Cuero en compañía de dos mujeres. Interrogados sobre este punto, Monardes y Hernández niegan haber bailado en ningún momento, por lo que cabe suponer que Rivette los confundiera o que Monardes y Hernández hubieran bailado en un grado de intoxicación etílica tal que ahora son incapaces de recordarlo.

De la discoteca El Reloj de Cuero M. Hernández y M. Monardes se trasladaron a la vivienda de este último a bordo de un taxi, ya que prudentemente no se atrevieron a coger el coche de M. Monardes, estacionado a dos calles de la discoteca. El taxista Ahmed Filali corrobora haber hecho un servicio a las puertas de El Reloj de Cuero, pero se muestra reacio a precisar la hora con fiabilidad, situándolo entre las cuatro y las cinco de la mañana. Se adjunta declaración y de paso se hace notar que el susodicho taxista incumplió la obligación de consignar horario y destino del servicio...

Sobre los sucesos acaecidos la madrugada del 13 de diciembre, 1988, en la estación de Perpignan (2)

Una vez transportados a casa de M. Monardes, M. Hernández pagó y despidió el taxi. La esposa y la hija de M. Monardes no lo oyeron llegar. M. Monardes afirma que M. Hernández lo acompañó hasta el ascensor (la vivienda de M. Monardes se halla en un tercer piso), negándose a subir con él pese a las repetidas invitaciones a hacerlo. La esposa de M. Monardes encontró a su marido durmiendo en la habitación de invitados, a las siete de la mañana, al levantarse para preparar el desayuno. M. Monardes, de hábitos nocturnos no precisamente morigerados, suele dormir en la mencionada habitación cuando llega con unas copas de más.

Después de dejar sano y salvo a M. Monardes, en lugar de coger un taxi y marcharse a su hotel M. Hernández decidió efectuar un paseo por las calles de nuestra villa. Aquí debemos hacer notar que el hotel de M. Hernández se halla a menos de cien metros de la estación. No fue raro, por tanto, que el paseo de M. Hernández concluyera en los aledaños de ésta.

Llegado a este punto la declaración de M. Hernández se vuelve menos precisa, llena de lagunas y vacilaciones. Como hombre acostumbrado a beber,

M. Hernández sabía que un paseo de madrugada contribuye a despejar la cabeza de vapores, máxime si las horas de sueño no serán las acostumbradas. En la agenda de M. Hernández consta que debía dejar Perpignan a las once de la mañana, rumbo a Bordeaux, en donde esperaba cerrar otro trato comercial con vinateros de la región. El viaje, como era habitual en él, lo realizaría en el mismo vehículo con el que había arribado a Perpignan, es decir su propio coche. Hasta aquí todo conforme.

¿Qué lo hizo entrar en el recinto propiamente dicho de la estación? Aventura M. Hernández que aún no tenía sueño y que el frío de la madrugada invitaba a una taza de café caliente. El único local abierto a tan temprana hora, infirió, debía ser el restaurante de la estación y hacia allí encaminó sus pasos.

Los accesos principales de la estación estaban cerrados. No así los accesos laterales, tanto el que lleva a la oficina de correos y otras dependencias, como el que comunica con los andenes. M. Hernández no recuerda cuál de ambos escogió, aunque es posible deducir que tomara el que lleva a la oficina de correos. M. Hernández recuerda haber visto dos sacas de correspondencia en el pasillo, no así a ningún empleado. El encargado de la oficina de correos, André Lebel, corrobora lo anterior. A esa hora los empleados, el ya mencionado Lebel y Pascal Lebrun, estaban en la estafeta entregados a labores de clasificación, y es posible que alguna saca vacía hubiera quedado olvidada en el pasillo. Sacas aparte, lo único cierto es que nadie vio ni fue visto por M. Hernández mientras éste penetraba en la estación.

El paso de M. Hernández por los andenes fue breve. Buscaba el restaurante y lo halló cerrado. A partir de este momento M. Hernández confiesa que empezó a sentir una inquietud en aumento. ¿Hubo algo en el restaurante o en los andenes que propiciara esa inquietud? ¿Temió M. Hernández, acaso, ser la única persona en la estación y por tanto víctima propicia de un atraco u otra agresión? Interrogado al respecto M. Hernández respondió que en ningún momento le pasó por la cabeza la posibilidad de un atraco, mucho menos la contingencia de ser la única persona en la estación. Es sabido, según M. Hernández, que las estaciones jamás quedan vacías. La hora temprana y el frío hacían fácil suponer a los empleados encerrados en sus respectivos cubículos. ¿Qué provocó, pues, la inquietud declarada de M. Hernández? El hecho de encontrar el restaurante cerrado se nos ofrece como la única respuesta.

Ahora bien, el restaurante no estaba cerrado. M. Hernández llegó a esta conclusión al no ver luces encendidas en el interior, pero si hubiera empujado la puerta se habría dado cuenta de su error. (M. Hernández no recuerda si la puerta estaba abierta o cerrada o si intentó abrirla, y admite que es posible que supusiera que el restaurante estaba cerrado sólo por las luces apagadas; por las luces y porque no había un alma, ni en la barra, ni detrás de la barra, ni en las mesas.)

El encargado del restaurante, M. Jean-Marcel Vilar, se encontraba en aquel momento en la cocina, junto a la mujer de la limpieza y uno de los vigilantes de la estación. Ninguno recuerda haber oído o visto nada. La puerta de la cocina estaba cerrada, según M. Vilar, debido al frío de la mañana. La cocina es una habitación alargada, sin ventanas, con dos respiraderos, aislada del resto del restaurante. No obstante, si en la cocina estaba encendida la luz, cosa que parece fuera de duda, M. Hernández debía haberla visto desde el otro lado de los cristales. (En su declaración M. Hernández asegura no haber visto ninguna luz en el interior del restaurante.) La mujer de la limpieza, Aline Darcy, dieciocho años, detenida dos veces por tráfico de drogas, ella misma drogodependiente, actualmente en proceso de desintoxicación, tiene su propia versión de por qué M. Hernández no vio luz alguna proveniente de la cocina. Según ella en ese momento se alumbraban con una vela, por expreso deseo de M. Vilar, quien de esta manera ahorraba energía. Interrogados al respecto, M. Vilar y el vigilante negaron rotundamente estas afirmaciones. Hacemos notar, al margen de la investigación central, que Aline Darcy exhibía, dos días después de la fecha de autos, contusiones y morados en brazos y espalda. Los moretones no eran producto de pinchazos mal dados sino que más bien parecían deberse a pellizcos o golpes...

De Lola Fontfreda a Rigoberto Belano

Soy catalana. Soy atea. No creo en fantasmas. Pero ayer Fernando me visitó en sueños. Se acercó a mi cama y me pidió que cuidara al niño. Me pidió perdón por no dejarme nada. Me pidió perdón por no quererme. No. Pidió perdón por haberme querido menos que a los libros. Pero el niño redimía esa falta, dijo, puesto que lo quería más que a cualquier cosa. A Didac y a Eric. En realidad, dijo: a los niños, por lo que podía referirse a todos los niños del mundo, no sólo a sus hijos. Luego se levantó y se fue a otra habitación. Lo seguí hasta allí. Era un cuarto de hospital. Fernando se desnudó y se metió en una de las camas. Las otras estaban vacías aunque con las sábanas revueltas y, en algún caso, notoriamente sucias. Me acerqué a la cama de Fernando y le cogí la mano. Nos sonreímos. Estoy ardiendo, dijo, tócame la frente, ¿cuánta fiebre tengo? Cuarenta y dos, respondí, no sé por qué, puesto que no había forma de tomarle la temperatura. Eres de una exactitud que espanta, dijo, pero ahora debes irte. Pensé que me confundía con la sueca. Al salir me puse a llorar. Creo que Fernando también estaba llorando. Desde aquí uno vuelve a donde quiera, dijo, por favor no entres. Salí y me senté en una silla en el pasillo. No había enfermeras, ni médicos, ni familiares de pacientes por ninguna parte. Al poco rato sentí los gritos de

Fernando. Eran gritos atroces, seguidos de silbidos, y yo no lo podía soportar pero no me moví. Fernando gritaba con toda su alma, a veces de forma aguda y otras de forma ronca, como si le quemaran la garganta. Parecía pedir agua. Parecía arrear reses. Parecía silbar una canción... Luego desperté. Estaba temblando y empapada en sudor. Tardé en darme cuenta que también estaba llorando. Como no tenía sueño decidí escribir estas líneas. Ahora creo que debo enviártelas a ti.

Sepulcros de vaqueros

1. El aeropuerto

Me llamo Arturo y la primera vez que vi un aeropuerto fue en el año 1968. En noviembre o diciembre, tal vez en los últimos días de octubre. Yo entonces tenía quince años y no sabía si era chileno o mexicano y tampoco me importaba demasiado. Nos íbamos a México a reunirnos con mi padre.

Intentamos salir en dos ocasiones, la primera fue imposible y a la segunda lo conseguimos. En la primera, mientras mi madre y mi hermana hablaban con mi abuela y con dos o tres personas cuyos rostros he olvidado por completo, un desconocido se acercó y me regaló un libro. Sé que lo miré a la cara, de abajo hacia arriba pues era muy alto y muy delgado, y que él me sonrió y con un gesto (en ningún momento dijo ni una palabra) me invitó a aceptar su inesperado presente. También he olvidado su rostro. Tenía los ojos brillantes (aunque a veces viene a mi memoria con gafas negras que velaban no sólo sus ojos sino gran parte del rostro) y una cara lisa, de piel estirada desde las orejas, inmaculadamente afeitada. Después el tipo se marchó y me recuerdo sentado sobre una de las maletas leyendo el libro. Era un manual sobre aeropuertos civiles de todo el mundo. Allí supe que un aeropuerto tiene hangares que se alquilan a las distintas líneas aéreas para aparcamiento y mantenimiento, terminales de pasajeros conectadas por muelles con los aparcamientos de aviones, una oficina meteorológica, una torre de control usualmente de más de treinta y cinco metros de altura, servicios de emergencia instalados en unidades especiales en el campo de aterrizaje y controlados por la torre, una manga de viento que es una guía visual para medir la dirección del viento y que cuando se pone horizontal indica que la velocidad es de veinticinco-treinta nudos, un edificio de operaciones de vuelo que contiene las oficinas centrales de planificación de vuelo, un centro de carga, tiendas, restaurantes y una oficina de policía en donde no era extraño encontrar a uno o más agentes de la Interpol. Después dijimos adiós a las personas que habían acudido a despedirnos y nos pusimos en la cola de embarque. Yo llevaba el libro en un bolsillo de mi chaqueta. Entonces una voz dijo el nombre de mi madre por megafonía. Creo que lo escuchó todo el aeropuerto. La cola se detuvo y los futuros pasajeros se miraron entre sí buscando entre ellos a la mujer a la que buscaban. Yo también miré, buscando, pero yo sabía a quién buscar y miré directamente a mi madre y aún hoy, cuando lo escribo, me avergüenzo de haberlo hecho. La reacción de mi madre, por lo demás, fue bastante singular: se hizo la desentendida e incluso ella también miró, buscando a la que buscaban, pero menos que los demás pasajeros del vuelo Santiago-Lima-Quito-México DF. Por un instante pensé que se saldría con la suya, que si no aceptaba lo inevitable lo inevitable no ocurriría, que bastaba con seguir avanzando hacia el avión, ignorando la requisitoria de la megafonía, para que la voz se cansara de buscarla o siguiera buscando aun cuando nosotros voláramos rumbo a México. Entonces la voz volvió a llamarla y esta vez, junto con su nombre, mencionó el de mi hermana (que primero empalideció y después se puso roja como un tomate) y el mío. Creo que a lo lejos, al otro lado de la fila de embarque, separada por unos cristales, vi a mi abuela, que nos hacía señas con el rostro angustiado o congestionado y que se señalaba, no sé por qué, el reloj de su muñeca izquierda, como indicándonos que teníamos el tiempo justo o acaso que el tiempo ya se nos había acabado. Después aparecieron dos agentes de la Interpol y nos pidieron sin demasiada amabilidad que los siguiéramos. Mi madre, momentos antes, nos había dicho tranquilos, niños, y cuando tuvimos que seguir a los policías nos lo volvió a repetir mientras preguntaba (aparentemente a los policías que nos escoltaban pero en realidad a nadie en particular) que qué escándalo era éste, que cuidado con demorarla que íbamos a perder el avión. Mi madre era así.

Mi madre era chilena y mi padre, mexicano, y yo había nacido y vivido en Chile toda mi vida. Trasladarme de mi casa a la casa de mi padre posiblemente me atemorizaba más de lo que estaba dispuesto a admitir. Además, me iba dejando muchas cosas sin hacer. Intenté ver a Nicanor Parra antes de irme. Intenté hacer el amor con Mónica Vargas. Lo recuerdo ahora y me rechinan los dientes, o tal vez sólo me recuerdo a mí mismo y me veo rechinando los dientes. En aquel tiempo los aviones eran un peligro y al mismo tiempo la gran aventura, el viaje real, pero yo no tenía opinión al respecto. Ninguno de mis profesores había viajado en avión. Ninguno de mis compañeros de clase. Algunos habían hecho el amor por primera vez, pero ninguno había volado. Mi madre solía decirnos que México era un país maravilloso. Nosotros hasta entonces siempre habíamos vivido en pequeñas capitales de provincia del sur de Chile. Santiago, en donde estuvimos unos días antes de emprender el viaje, me parecía una megaciudad de ensueño y pesadilla. Espera a conocer el Distrito Federal, decía mi madre. A veces yo imitaba el modo de hablar de los mexicanos, imitaba el modo de hablar de mi padre (aunque a duras penas recordaba su voz) y de los personajes que salían en las películas mexicanas. Imitaba a Enrique Guzmán y a Miguel Aceves Mejía. Mi madre y mi hermana se reían y así pasábamos el rato algunas interminables tardes de invierno, aunque invariablemente a mí al final ya no me parecía tan gracioso como al principio y terminaba escapándome sin decir adónde iba. Me gustaba pasear por el campo. Una vez tuve un caballo. Se llamaba Zafarrancho. Mi padre envió el dinero para que me lo compraran. Ya no recuerdo en dónde vivíamos por entonces, tal vez en Osorno, tal vez en las afueras de Llanquihue. Recuerdo que teníamos un patio con una mediagua utilizada como taller por el antiguo inquilino y que allí habilitamos una especie de establo para mi caballo. Teníamos gallinas, dos gansos y un perro, el Duque, que no tardó en hacerse íntimo amigo de Zafarrancho. En cualquier caso, siempre que salía a caballo mi madre o Celestina decían: llévate al Duque, él te protegerá y protegerá a tu caballo. Durante mucho tiempo (durante casi toda mi vida) no supe qué querían decir o interpreté mal sus palabras, el Duque era un perro grande pero incluso así era más pequeño que yo y mucho más pequeño que mi caballo. Tenía el tamaño de un pastor alemán (aunque estaba lejos de ser un perro de raza), de color blanco con manchas marrones claras y con las orejas caídas. A veces desaparecía varios días de la casa y entonces mi madre me prohibía terminantemente salir a caballo. Al cabo de tres o cinco días, como mucho, volvía más flaco que nunca, con una mirada bovina y con tanta sed que era capaz de beberse medio balde de agua. Hace poco, durante un bombardeo nocturno que al final no pasó de escaramuza, soñé con el Duque y con Zafarrancho. Los dos estaban muertos y yo lo sabía. Duque, Zafarrancho, les decía, vénganse aquí a dormir conmigo no más, hay sitio de sobra. En mi voz del sueño (eso lo comprendí de inmediato, sin despertarme) estaba imitando el acento chileno como antes imitaba el acento de las películas mexicanas. Pero no me importaba. Lo que me importaba era que mi perro y mi caballo entraran en mi habitación, sin que yo los obligara, y pasaran la noche conmigo.

Mi madre fue una mujer hermosa. Leía mucho. A los diez años yo creía que ella era la persona que más había leído del lugar donde vivíamos, cualquiera que éste fuese, aunque en realidad nunca tuvo más de cincuenta libros y lo que de verdad le gustaban eran las revistas esotéricas o de modas. Compraba los libros por correspondencia y creo que fue así (no veo de qué otra manera pudo ser) como llegó a mi casa el libro de Nicanor Parra, *Poemas y antipoemas*. Supongo que alguien, al embalar los libros para mi madre, lo metió allí por equivocación. En mi casa el único poeta al que se leía era Pablo Neruda, así que el libro me lo quedé yo. Mi madre solía recitarnos (antes o después de mis imitaciones mexicanas) los veinte poemas de amor de Neruda y a veces acabábamos los tres llorando y otras veces, no muchas, debo reconocerlo, yo enrojecía y daba un grito y me escapaba por la ventana absolutamente mareado y con ganas de vomitar. Recuerdo que mi madre recitaba igual que una declamadora uruguaya a la que una vez escuchó por la radio. La declamadora se llamaba Alcira Soust Scaffo y al igual que yo imitaba a los mexicanos mi madre trataba de imitar la voz de la Soust Scaffo, capaz de pasar de los agudos de angustia a los bajos de terciopelo en menos de lo que canta un gallo. Mi hermana, para no ser menos, algunas noches de pesadilla imitaba a Marisol. A veces pienso en Chile y creo que todos los chilenos, al menos los que estaban vivos y eran más o menos conscientes en la década de los sesenta, en el fondo de su ser querían ser imitadores. Recuerdo que un humorista se hizo famoso con una imitación de Batman y Robin. Recuerdo que yo coleccionaba los cómics de Batman y Robin y que la imitación me pareció sacrílega y grosera, pero que igual me reía y que después, pensándolo mejor, ya no me pareció tan sacrílega y grosera sino más bien triste. Una vez Alcira Soust Scaffo pasó por Cauquenes o por Temuco, o por donde viviéramos, una etapa más en una larga gira que realizaba por los teatros del sur del país, y mi madre nos llevó a verla. Estaba muy vieja (aunque en los escasos carteles de promoción que vimos colgando de la plaza de Armas y de la municipalidad se la veía joven y seria, con un peinado que seguramente estuvo de moda en los años cuarenta) y tenía una voz, escuchada en directo, sin la benevolente mediación de la radio, que me puso nervioso desde el primer momento. La velada poética, aún no sé por qué, acaso por motivos de salud, se tuvo que interrumpir en varias ocasiones. Después de cada interrupción Alcira Soust Scaffo volvía al proscenio riéndose a carcajadas. Mi madre me contó que murió poco después en un manicomio de su ciudad natal. Mi aversión por Neruda data de entonces. Por aquella época en el liceo me llamaban el Mexicano. A veces era agradable tener ese sobrenombre, pero otras veces era más bien como una afrenta. Yo prefería que me dijeran el Loco.

Mi madre trabajaba mucho. No sé si lo hacía bien o mal pero lo cierto es que cada dos o tres años solían trasladarla de puesto y de provincia. De esta manera recorrimos los departamentos de estadística (que en muchas ocasiones sólo era un eufemismo para nombrar su propia y a menudo pequeña y destartalada oficina) de casi todos los hospitales del sur del país. Era un lince para las matemáticas. Mi madre, digo, yo no. Además lo reconocía: soy una lince para las matemáticas, decía sonriendo pero con una voz como de ausente. Por culpa de las matemáticas había conocido a mi padre en un curso de estadística acelerada (o avanzada o intensiva) que hizo en México durante seis meses. Volvió a Chile preñada y al cabo de un tiempo nací yo. Después mi padre vino a Chile a conocerme y cuando se marchó mi madre estaba embarazada de mi hermana. A mí nunca me gustaron las matemáticas. Me gustaba viajar en tren, me gustaba viajar en autobuses y no dormir nunca, me gustaba descubrir las nuevas casas en donde vivíamos, pero no me gustaban los nuevos colegios. Existía una línea de autobuses que se llamaba Vía-Sur y que bajaba por la carretera panamericana hasta Puerto Montt. Cuando era niño viví en Puerto Montt aunque ya no me acuerdo de nada, tal vez de la lluvia, también viví en Temuco, Valdivia, Los Ángeles, Osorno, Llanquihue, Cauquenes. A mi padre lo vi en dos ocasiones, una cuando tenía ocho años y otra cuando tenía doce. Según mi madre, lo vi en cuatro, pero esas dos que he olvidado debieron ser cuando era muy pequeño y no me acuerdo. Seguramente Vía-Sur ya no existe o cambió de nombre. También viajé en una línea de autobuses llamada Lit y en una que se llamaba El 5.º Jinete e incluso en una que se llamaba La Andina y cuyo logotipo era una montaña ardiendo, no un volcán como parecía razonable suponer, sino una montaña ardiendo. Cada vez que nos trasladábamos mi padre nos seguía como un fantasma, de pueblo en pueblo, con sus cartas mal escritas, con sus promesas. Por supuesto, mi madre lo había visto más de cuatro veces en quince o dieciséis años. Una vez viajó a México y estuvieron dos meses juntos mientras mi hermana y yo quedábamos a cargo de nuestra empleada mapuche. Entonces vivíamos en Llanquihue. Cuando mi abuela, que vivía en Viña del Mar, se enteró que mi madre por soberbia no había querido dejarnos en su casa se estuvo casi un año sin dirigirle la palabra. Mi abuela pensaba que mi padre era la encarnación del vicio y de la irresponsabilidad y siempre se dirigía a él llamándolo *ese señor mexicano* o *ese tipo mexicano*. Al final mi abuela perdonó a mi madre pues así como pensaba que mi padre era la encarnación del vicio, sabía que mi madre era la encarnación de la fantasiosidad.

La empleada con la que nos quedamos se llamaba Celestina Maluenda y era originaria de Santa Bárbara, en la provincia de Bío-Bío. Durante muchos años vivió con nosotros y siguió a mi madre de provincia en provincia y de casa en casa hasta el día en que decidió que nos íbamos a vivir a México. ¿Qué ocurrió entonces? No lo sé, puede que mi madre le pidiera venir con nosotros a México y Celestina no quisiera, puede que mi madre le dijera ya está Celestina, vieja amiga, se acabó, hasta la vista, puede que Celestina tuviera hijos o nietos propios que cuidar y creyera llegada la hora, puede que mi madre no tuviera dinero para comprarle un billete a México. Mi hermana la quería mucho y lloró cuando se despidió de ella. Celestina no lloró: le acarició el pelo y le dijo cuídate mucho. A mí ni siquiera me estrechó la mano. Nos miramos desde lejos y murmuró algo entre dientes, tal como era su costumbre. Tal vez dijera: cuida a tu hermana, Arturo. O tal vez me mandó a la mierda. O tal vez me deseó buena suerte.

En la época en que nos quedamos solos con Celestina vivíamos en Llanquihue, en las afueras, en una calle sin casas y bordeada de álamos y eucaliptos. Teníamos una escopeta que nadie sabía quién había traído (aunque yo sospechaba que había sido un amigo de mi madre) y por las noches, antes de meterme en la cama, yo acostumbraba a hacer la ronda de la casa habitación por habitación, sótano incluido, con la escopeta terciada y seguido por Celestina, que me iba iluminando los rincones con una linterna. A veces me excedía en la vigilancia y salía a dar vueltas por el patio e incluso me aventuraba algunos metros por la calle oscura. Llegaba hasta la primera farola, a buena distancia de mi casa, en compañía sólo de mi perro, y luego volvía. Celestina se quedaba en la puerta, esperándome. Después los dos nos fumábamos un cigarrillo y nos íbamos a dormir. La escopeta siempre la dejaba debajo de mi cama. Una tarde, sin embargo, me di cuenta que la escopeta estaba descargada. Cuando le pregunté a Celestina quién me había robado los cartuchos ésta respondió que había sido ella, por precaución, para que no fuera a herir a nadie. ¿No te das cuenta, le dije, que una escopeta descargada no sirve para nada? Sirve para dar miedo, dijo Celestina. El incidente me puso fuera de mis casillas y grité y hasta lloré para que me devolviera los cartuchos. Júrame que no vas a matar a nadie, me dijo Celestina. ¿Es que crees que soy un asesino?, le contesté. Sólo dispararía en defensa propia, para protegerte a ti y a mi hermana. Yo no necesito que me protejan con una escopeta, dijo ella. Y si una noche viene un asesino, ¿cómo piensas arreglártelas? Corriendo, con su hermana de una mano y con usted de la otra (Celestina a veces me tuteaba y otras veces me trataba de usted). Al final terminé jurando y Celestina me devolvió los cartuchos. Cuando tuve la escopeta cargada le dije que se pusiera una manzana en la cabeza. Haces mal en dudar de mi puntería, le advertí. Celestina me miró largo rato sin decir nada, con una mirada profunda y triste, y dijo que a ese paso iba a terminar convertido en un asesino. Yo no mato pájaros, le dije. No soy un cazador de mierda. Yo no mato animales. Sólo me defiendo. En otra ocasión mi madre viajó a Miami con un grupo del hospital y allí se juntó con mi padre. Fueron los treinta días más maravillosos de mi vida, dijo. Menos mal que no te hizo otro hijo, dije yo. Mi madre me lanzó una bofetada pero fui más rápido y la esquivé.

A veces era mi madre la que se pagaba su pasaje y otras veces era mi padre el que le mandaba los billetes del avión. Nunca mandó pasajes para nosotros. Según mi madre, no era porque no tuviera ganas de vernos sino por el miedo que le daban los aviones, por el miedo a que el avión se cayera y a mi hermana y a mí nos encontraran al cabo de mucho tiempo durmiendo en un nido de hierros retorcidos, carbonizados en alguna serranía perdida de América. La verdad es que yo, entonces, tenía serias dudas con respecto a esta explicación. En los días que mediaron entre el primer intento frustrado de viajar a México y el segundo, mi madre recordó mis dudas y me mostró (sólo a mí) la última carta que mi padre le había enviado, cuando ya nuestro viaje a México tenía fecha y hora. En la carta mi padre decía que dormía con una pistola en el cajón del velador, por si sufríamos un accidente. ¿Y esto qué quiere decir?, pregunté. Tu padre me da a entender que está dispuesto a pegarse un balazo si a nosotros nos pasa algo. ¿Y qué nos puede pasar? Que el avión, Dios no lo quiera, se caiga. ¿Y mi padre se va a suicidar si nosotros nos morimos? Sí, dijo mi madre, si él dice que duerme con la pistola al lado es porque se piensa suicidar si a ustedes les ocurre algo. *Ustedes* éramos mi hermana y yo. La idea de mi padre y su pistola me rondó algunos días por la cabeza e incluso después de llegar a México y antes de entrar a estudiar en una nueva escuela mexicana, cuando no tenía nada que hacer y no conocía a nadie, estuve buscándola en todas las habitaciones de la casa, pero nunca la encontré.

Cartas sí que recibíamos, unas cartas largas, escritas a mano, con pésima letra y no pocas faltas de ortografía. Hablaba en ellas de «mi segunda patria», como decía pomposamente cuando se refería a Chile, o de «mi otra patria», «mi patriedad», «mi otredad». A veces, pero no muchas, hablaba de mi abuelo y de mi abuela, un gallego y una india de Sonora que a mí me parecían tan distantes como si fueran extraterrestres. Decía que él era el menor de siete hijos, que mi abuelo tenía noventa años y poseía tierras cerca de Santa Teresa y que mi abuela tenía sesenta años, exactamente treinta años menos que mi abuelo. A veces, por aburrimiento, me ponía a hacer cálculos (aunque no soporto las matemáticas) y las cifras no me cuadraban: cuando yo nací, según mi madre, que sabía y decía las edades de todos menos la suya, mi padre tenía veinticinco años; entonces, en la época en que nos fuimos a México mi padre debía tener cuarenta años; si mi abuela tenía sesenta, eso quería decir que tenía veinte cuando dio a luz a mi padre; pero si mi padre era el menor de siete hijos, ¿qué edad tenía mi abuela cuando parió al primero? Suponiendo que los hubiera tenido uno detrás de otro: trece años, dos menos de los que yo tenía y uno menos de los que tenía mi hermana. Trece años mi abuela y cuarentaitrés mi abuelo. Por supuesto, cabía otra posibilidad: que mi abuela no fuera la madre de todos los hijos de mi abuelo, sino sólo de los dos últimos o únicamente de mi padre. Mi abuelo, según contaba mi padre en sus horribles cartas que yo a veces ni siquiera leía enteras, hasta hacía poco aún montaba a caballo. También decía que cuando le contó, en una conversación telefónica, aunque aquí se hacía un lío con la narración, los tiempos verbales y nada quedaba suficientemente claro, que me había enviado dinero para que me compraran un caballo, el viejo comentó que esperaba verme montar algún día, en Sonora y con caballos de verdad. Con esto lo único que consiguió fue predisponerme contra mi abuelo, al que por otra parte nunca llegué a conocer. Una vez le pregunté a mi padre (de forma casual, mientras soportábamos juntos un atasco de tránsito en Insurgentes, casi como si habláramos de fútbol) acerca de la precocidad maternal de mi abuela y entonces me confesó que ésta fue la segunda mujer de mi abuelo y que el primer hijo lo tuvo a los diecinueve y el segundo y último a los veinte. No sé por qué le pregunté entonces por su primera mujer, no la de mi abuelo, la de mi padre, pero sin transición ni preámbulo, como si todo lo que hubiéramos dicho aquella tarde estuviera destinado a que por fin llegáramos a este punto. Mi padre al principio permaneció silencioso y tranquilo, mirando al frente, con las manos descansando sobre el volante. Después dijo que en México, al contrario que en Chile, desde hacía mucho existía el divorcio, pero que al mismo tiempo y al revés que en Chile, costaba mucho separarse. No sé por qué, dijo, pero cuesta mucho separarse. Debe ser por los jodidos hijos, dije yo y tiré el cigarrillo por la ventana (desde los quince, desde que puse el pie en el DF mi padre me dejaba fumar). Será por eso, dijo. Ya no recuerdo si íbamos en dirección a la UNAM o en dirección a La Villa, sólo que avanzábamos a vuelta de rueda y que mi padre tardó en mirarme (miraba fijamente el enjambre inmóvil de coches —de carros— en la avenida, pero por su expresión era como si contemplara los grandes espacios abiertos de América, las cantinas y las fábricas, los edificios crepusculares en donde vivían los hombres como él, de más de cuarenta años), pero cuando lo hizo me sonrió y quiso decir algo pero al final no dijo nada.

La última vez que mi padre estuvo en Chile, un año y medio antes de que nosotros nos marcháramos a México, unos amigos de mi madre nos invitaron a pasar un fin de semana en su fundo. Una tarde salimos a montar a caballo. Hay días en que lo recuerdo claramente, las voces, el color amarillo y verde oscuro del campo, los pájaros, las nubes escasas e increíblemente altas, y hay otros días en que lo recuerdo entre brumas, como si fuera una película movida o fotografiada con un filtro defectuoso o como si me hubieran hecho algo en el cerebro. Éramos siete chilenos y un mexicano y los chilenos querían ver (yo era uno de los chilenos y yo también quería *ver*) si el mexicano era lo suficientemente hombre como para correr y no caerse del caballo. Sospecho que uno de los chilenos, un médico aunque para el caso también podía haber sido un practicante, había tenido relaciones con mi madre, recuerdo sus visitas a casa, la voz de mi madre ordenándole a Celestina que nos llevara a la cama, la música que salía del tocadiscos cuando se quedaban solos, temas musicales de la película *Orfeo negro*. También recuerdo la melancolía, en ocasiones el malhumor del médico o del practicante, un malhumor que sin embargo no le posibilitaba el despegarse de mi madre en los días sumamente agitados que precedieron a la llegada de mi padre. Así que estaba el dolorido amigo de mi madre y estaba yo y cinco chilenos más y recuerdo que bebían vino maulino y a medida que nos alejábamos de la casa grande recuerdo también algunas bromas, algunas alusiones al arte de la equitación en ambas repúblicas hermanas (que es una manera de hablar, pues Chile y México no se parecen en nada, salvo que uno de los dos es el primer país de Latinoamérica y uno de los dos es el último, la cabeza y la cola del subcontinente, pero quién es la cabeza y quién la cola dependerá de quien lo mire o de quien lo sufra, en ambos casos la situación no es ventajosa). (Bueno, ningún país de Latinoamérica tiene una situación ventajosa, todos estamos en las faldas de la montaña, todos estamos en la sima de la quebrada, ¿de qué quebrada?, de la del Yuro.) El caso es que íbamos montados a caballo. Antes, en las cuadras, mi padre quiso ensillar él mismo a su caballo, luego comprobó las cinchas del mío, el bocado, el freno, hizo algunas observaciones sobre la silla de montar que consideró aparatosa. Al principio íbamos al paso y los mayores bebían y se reían. Recuerdo que atravesamos un riachuelo en donde mi hermana y yo, en veranos anteriores, habíamos nadado. Después salimos a un campo en barbecho separado por cercas de madera de unos potreros en donde pastaban las vacas. Fue entonces cuando dos del grupo, probablemente los dos hijos mayores del dueño del fundo, se pusieron a galopar y saltaron la primera de las cercas. Mi padre los siguió, mi padre era sólo unos años mayor que ellos y supongo que consideró su deber de huésped seguirlos. O tal vez mediaba ya antes un desafío, una apuesta. No lo sé. Sólo sé que mi padre salió cabalgando y lo vi acercarse a la cerca y luego lo vi saltarla limpiamente. Entonces oí un grito, fue un pájaro, pero no sé qué pájaro, tal vez un queltehue, tal vez fueron los dos hermanos que galopaban hacia la siguiente cerca, pero a mí me sonó como el grito de un cóndor, como si un buitre enorme hubiera salido del bosque que acabábamos de dejar atrás y ahora sobrevolara los potreros, invisible y amenazante. Justo cuando mi padre se disponía a saltar la segunda cerca yo me puse a galopar tras él. Sentí el temblor y la energía del caballo y encaré la primera cerca como si estuviera borracho. El campo a continuación experimentaba un desnivel que desde donde estaba lo que quedaba del grupo no parecía muy pronunciado, sino más bien suave, con el pasto alto ligeramente mecido por el viento, pero que a caballo y galopando era accidentado, lleno de zanjas y con una pendiente vertiginosa. Cuando levanté la cabeza, los dos hermanos se habían detenido y el caballo de uno de ellos caracoleaba asustado seguramente por algo, pensé, una culebra, y tuve miedo, o tal vez era el jinete, enrabiado, el que lo hacía caracolear para castigarlo. Mi padre, más alejado, se encaraba con la tercera cerca y desde atrás me pareció oír gritos, alguien, el dueño del fundo, le pedía que se detuviera, alguien, el practicante, daba chillidos como en una película de Miguel Aceves Mejía, como en una película de Jorge Negrete, Pedro Infante, Antonio Aguilar, como en una película de Resortes y de Calambres, chillidos de dolor y de alegría, chillidos de desamor y de libertad comprendí de golpe mientras la segunda cerca se me venía encima y yo también gritaba y apretaba las piernas mientras mi caballo pasaba como una exhalación por encima y continuábamos bajando, la figura de mi padre desaparecida ya por la pendiente, los dos hermanos a mi izquierda y luego atrás, uno de ellos desmontado y mirando una de las patas delanteras de su caballo. Después vino un repecho y librado éste pude observar un río amurallado de árboles y un poco más acá un pequeño bosque en donde se alzaban por sobre los demás árboles algunas araucarias. Y no vi ni a mi padre ni su caballo por ninguna parte. Salté la tercera cerca y bajé galopando hacia el bosque. Antes de llegar detuve el paso del caballo. Encontré a mi padre sentado sobre un tocón, con un cigarrillo sin encender entre los dedos. La mano que sostenía el cigarrillo le temblaba. Sudaba copiosamente, tenía el rostro enrojecido y se había desabrochado varios botones de la camisa. Hasta que no desmonté no pareció notar mi presencia. Me senté a su lado, pero en el suelo, y le dije que había hecho una buena carrera. No sé por qué lo hice, dijo, me pude haber partido el espinazo. Después dijo: hacía siglos que no montaba a caballo. A lo lejos, en lo alto de la loma, aparecieron los demás; tal vez alguno nos vio y levantó la mano; después nos hicieron señas indicándonos alguna tranca en dirección al río, por donde la loma se volvía menos inclinada, por donde pensaban pasar. Yo levanté los brazos en señal de comprensión. Mi padre ni siquiera levantó la cabeza. Había encendido el cigarrillo y cada vez sudaba más. Por un momento se me ocurrió que podía estar llorando. Los demás jinetes me hicieron señales con los brazos y se los tragó la tierra. Volví a sentarme al lado de mi padre. Al principio el cigarrillo pareció ahogarlo, era un Cabañas y él estaba acostumbrado a los Delicados mexicanos, más fuertes y al mismo tiempo más finos, buen tabaco, vaya, pero luego se puso a hacer círculos de humo, como al descuido, como si sus labios no tuvieran nada que ver con él, primero mirando la tierra llena de ramitas, briznas de hierba, terrones, y luego hacia arriba, círculos de humo perfectos, de circunferencias variadas e incluso de diferente grosor. Después, cuando apagó el cigarrillo, mi padre me dijo: ¿quieres que te cuente cómo viajan en México los vaqueros? Papá, pero si en México no hay vaqueros, dije. Claro que hay, dijo mi padre, una vez yo fui vaquero, y tu abuelo también fue vaquero, e incluso tu abuela fue vaquera. ¿Por qué crees que estoy aquí, tan lejos de todo? La pregunta no me pareció justa, yo vivía aquí, lejos de todo, y eso él parecía olvidarlo constantemente, pero también pensé que mi padre estaba a punto de hacerme la gran revelación de mi vida. Por mi mamá, dije yo. Sí, por tu mamá, dijo él, y por más cosas. Por tu hermana y por ti, dijo después de un silencio, y también por más cosas. Luego se quedó callado, como si de pronto hubiera olvidado de lo que estábamos hablando, y por el otro extremo del linde del bosque aparecieron los demás jinetes de nuestro grupo. Mi padre se levantó y me dijo que fuéramos a reunirnos con ellos. Toda mi vida he intentado ser un deportista, dijo antes de montar, pero nunca lo he conseguido.

Mi madre leía novelas de amor que le enviaban por correo desde Santiago y también leía revistas esotéricas. Mi padre sólo leía novelas de vaqueros. Yo leía a Nicanor Parra y creía que eso me daba ventaja. Por supuesto, no me daba ninguna ventaja. Algo así fue lo que me dijo Mónica Vargas pocos días antes de que me marchara de Chile. En aquella época, finales de 1968, no era fácil salir de un país latinoamericano y entrar en otro. Aún hoy sigue siendo difícil, pero entonces aún lo era más. Había que rellenar un montón de papeles imprescindibles para el viaje que no podían ser tramitados desde la pequeña capital de provincias en la que entonces vivíamos. Así que vendimos todo lo que teníamos, que no era mucho, algunos muebles y poca cosa más, y nos trasladamos, dos semanas antes de la fecha de nuestro viaje (del primer intento de abandonar el país), a Santiago, a la casa de una amiga de mi madre, Rebeca Vargas, profesora de liceo, sureña transterrada a la capital, en donde vivía con su hermana menor, Mónica Vargas, que por entonces estudiaba en el Conservatorio.

Mónica tenía el pelo largo y lacio, era muy delgada, tenía los pechos grandes y tocaba la flauta transversa. La primera noche que pasamos en su casa nos quedamos hasta muy tarde hablando y cuando ya todos se habían ido a dormir, poco antes de que también nosotros nos acostáramos (ella en la habitación de su hermana y yo en el sofá), salimos al balcón no sé si a contemplar las luces de Santiago, las luces de las avenidas y de los anuncios luminosos del centro, o a contemplar la cordillera iluminada por la luna, que parecía un reflector colgando del abismo. Recuerdo que ya antes, en la sala o en la cocina, mientras la ayudaba a preparar otra ronda de tés y pan con palta y mermelada (como si esa noche mi madre y todos los que estábamos allí, escuchándola, nos hubiéramos desvelado y al desvelarnos se nos hubiera abierto el apetito, pero no un apetito de almuerzo o cena sino un apetito de once, que es el apetito de las fábulas y las leyendas), al preguntarme sobre qué quería estudiar cuando estuviera en México, respondí que Medicina pero que en realidad lo que quería era ser poeta. Eso está muy bien, dijo ella preparando el té, la leche, los yogures (fue la primera vez que los tomé así, envasados), con un Hilton firmemente atrapado entre sus labios o entre sus dedos largos y de uñas mordisqueadas. ¿Y qué has leído? La pregunta me sorprendió tanto que me quedé de pronto sin saber qué decir, precisamente en la única época de mi vida en que yo tenía respuestas para todo. Nicanor Parra, dije. Ah, Nicanor, dijo Mónica como si lo conociera y fueran íntimos amigos. *Poemas y antipoemas,* dije, Editorial Nascimento, 1954. Es el único que hay, dijo Mónica y ya no volvimos a hablar del tema hasta que salimos al balcón. Tenía un cigarrillo entre sus dedos, el último de la noche, y yo dudaba en pedirle uno por el miedo y la humillación de que me lo negara por no tener edad para fumar, aunque ahora sé que nunca me lo hubiera negado. Estaba sentada en una silla plegable de madera y yo estaba de pie, casi de espaldas a ella, mirando la ciudad oscura, deseando no irme de allí jamás. Entonces Mónica dijo que me iba a prestar un libro para que lo leyera en los días que faltaban antes de irme. ¿Qué libro?, dije. Uno de Rilke, dijo ella, *Cartas a un joven poeta.* Recuerdo que nos miramos o que me pareció que nos mirábamos, Mónica en realidad tenía la vista fija en la masa informe de Santiago, y recuerdo que me sentí tan ofendido, tan humillado como si me hubiera negado un cigarrillo. Supe que las *cartas* eran una manera de decirme que no escribiera poesía, supe que el *joven poeta* nunca llegó a escribir nada de valor, que con suerte lo mataron en un duelo o en una guerra, supe que Mónica era capaz de tutear a Nicanor pero era incapaz de leerlo, supe que Mónica sabía que aparte de Nicanor Parra (el *señor* Parra) pocas cosas más había leído en mi vida. Todo lo supe en un segundo y me dieron ganas de sentarme a horcajadas sobre el balcón y decirle: tienes razón, pero estás muy equivocada, frase muy poco chilena pero sí muy mexicana. En lugar de eso me volví a mirarla y le pedí un cigarrillo. En silencio, como si tuviera la mente muy lejos de aquel balcón que colgaba inofensivo sobre Santiago, me alcanzó el paquete y luego me dio fuego. Fumamos un rato en silencio, ella su colilla (los fumaba hasta el filtro) y yo mi cigarrillo entero. Después cerramos el balcón y yo me senté en el sofá a la espera de que ella se marchara para acostarme. Mónica desapareció un instante y luego volvió con el libro de Rilke. Si no tienes sueño, empieza a leerlo esta noche, dijo. Después dijo buenas noches y yo le di un beso en la boca. No pareció sorprendida pero me lanzó una mirada de reproche, o tal vez sólo una mirada seria, antes de perderse por el pasillo. En realidad, el pasillo era pequeño, el piso era pequeño, mucho más que la casa que nosotros acabábamos de dejar, pero las casas desconocidas parecen más grandes. La noche siguiente, cuando Mónica volvió de sus clases en el Conservatorio, le dije que el autor de las *Cartas a un joven poeta* me parecía un meapilas. ¿Sólo eso?, dijo ella con el ceño tan serio como la noche anterior. Sólo eso, dije yo. Esa noche, después de cenar, Mónica no se quedó a fumar un último cigarrillo conmigo.

Esa noche tuve pesadillas y dormí mal. A la mañana siguiente le pedí dinero a mi madre y me fui a despedir de Nicanor Parra.

Por supuesto, yo no sabía dónde vivía. Desde la casa de las hermanas Vargas telefoneé a una editorial y a la rectoría de la Universidad de Chile. Al final tenía una dirección. Sospeché desde el principio que no sólo me iba a costar llegar sino que también me iba a costar volver. Tomé una micro que me dejó en un cruce de avenidas. Allí tomé otra micro: ésta se internó por calles estrechas y sinuosas, llenas de tiendas y mercadillos ambulantes en donde vendían desde ollas y sartenes de aluminio hasta soldaditos de plomo. Pasamos por varias calles mal empedradas, luego salimos a un terreno baldío vagamente delimitado por vallas de ladrillo semiderruidas y tan grande y plano como diez canchas de fútbol. Allí me volví a bajar y seguí andando. Al dejar atrás el terreno baldío el camino se bifurcaba, por un lado seguía una calle vacía (más que calle me pareció una carretera comarcal) y por el otro se levantaba un barrio de casas de un solo piso, con algunas calles sin asfaltar en donde vi muchos niños y muchos perros. Decidí seguir la carretera; no tardaron en aparecer otras poblaciones, cada vez más planas, más aplastadas o más chatas, fenómeno que se acentuaba en la medida de su cercanía a la Cordillera, como si la presión de las montañas o del aire nivelara las casas a ras de suelo. Después llegué a una parada de buses y pregunté por la dirección adonde iba. Me indicaron una calle en pendiente. Al otro lado, dijeron. Subí la calle y al otro lado vi un río y un puente. Los crucé y me interné en un barrio de calles protegidas por alerces. Vi un letrero que decía Lo Paigüe y supuse que ése era el nombre del barrio. Entré en una tienda de ropa infantil y dije que buscaba la casa de Nicanor Parra. Está al otro extremo de Lo Paigüe, me contestó una mujer. Bueno, dije yo y seguí caminando a orillas del río. No tardó éste en dividirse en varios brazos, algunos de ellos obstruidos por diques hechos con grandes latas rellenas de barro o/y basura de origen diverso. Me acerqué a mirar y desde el fondo, recorriendo una senda de ramitas y envases fosilizados que unía las islas del delta de aguas residuales, dos ratas me miraron. Una de ellas, la más flaca, me sonrió. Una sonrisa humilde, como diciendo aquí estoy, Arturo, ganándome la vida, cómo te va, pues, hombre. Creí que me estaba volviendo loco pero no me moví del contrafuerte que separaba la vereda del basurero en que se había convertido el delta (aunque tal vez fue al revés: el basurero al crecer terminó convirtiéndose en delta). La rata me lanzó una mirada postrera, diría que de reojo, siempre con la sonrisa de profunda humildad colgándole del hocico, y luego siguió a su compañera río abajo, dando brincos más voluntariosos (y no sin cierta gracia: una gracia que denotaba una tranquila dignidad) que enérgicos. Al otro lado de una calle polvorienta en donde crecían unos débiles manzanos y nísperos estaba la casa cuya dirección llevaba anotada en un papel. Desde el fondo, desde un garaje habilitado como taller, llegaban unos ruidos de escoplo y serrucho. La casa parecía vacía: las cortinas corridas, la maleza del jardín y un aire general de abandono así parecían indicarlo. Toqué el timbre y un hombre asomó la cabeza por la puerta abierta del garaje. ¿Qué quiere? Busco al poeta Nicanor Parra, dije. Pase, dijo. Estaba sentado en un banquito de mimbre y ni siquiera cuando me invitó a pasar se despegó de él, limitándose a inclinarlo sobre las dos patas delanteras. Cuando traspuse la puerta del ga-

raje me miró de arriba abajo y dijo que allí no vivía
ningún poeta aunque si yo quería me podía recitar
unos versitos. Tenía unos cincuenta años, el pelo
más bien largo y canoso, y pinta de macró y de can-
tante a partes iguales. Le mostré el papel con la dirección. Lo leyó un par de veces y dijo que no, que
la dirección estaba equivocada. ¿Pero vivió aquí Nicanor Parra?, pregunté. Vivió un poeta por el barrio,
dijo, pero de ahí a que fuera Parra, no sé. ¿Quiere un
trago de vino, mi amigo, o es demasiado joven para
eso? Acepté más que nada por dilatar unos minutos
el regreso al centro de Santiago, que intuí complicado y aburrido. ¿Y usted qué hace?, dije tomando
asiento en otro banco de mimbre. Guitarras, dijo.
Hago guitarras, aunque no muy buenas, para qué más
que la verdad. ¿Y se venden bien? No muy bien, pero van saliendo. Durante un rato los dos nos quedamos callados, mientras él lijaba una pieza de madera
informe o que a mí, que nada sé de guitarras, así me
lo pareció. Dentro de unos días me voy a México,
dije. Ya, dijo él, a buscar nuevas tierras, ¿verdad?
Sí, dije. Aquí las cosas se están poniendo color de hormiga, dijo, aunque en México no digo que las cosas
estén mal, pero no deben estar mucho mejor, ¿no?
Mi padre es mexicano, dije. Buena cosa, tener un
padre, dijo él, brindemos por eso. Chocamos los vasos. Por los papás, dijo, estén donde estén. Yo moví
la cabeza en un gesto que pretendió ser de incredulidad; como si le dijera: acepto la broma, pero disto
mucho de creerla. ¿Y usted vive aquí?, pregunté. No,
dijo él, aquí sólo tengo el taller, que me deja un amigo por poca plata, pero yo vivo al otro lado del río.

¿El río Lo Paigüe?, dije. El mismo, dijo él, en la avenida Manuel Rodríguez, número 353, su casa. Yo vivía en el sur, dije no sé por qué. ¿Y cuáles eran los motivos, si puede saberse, que lo trajeron a despedirse del poeta Parra?, preguntó. Ningún motivo especial, dije, yo también soy poeta y me pareció... ¡Hombre!, dijo él, un poeta, entonces sí que le voy a recitar estos versitos, a ver qué le parecen. Me quedé callado, esperando. El hombre cogió una guitarra para acompañarse y comenzó. Tenía una voz aguardentosa pero cálida.

> *Como reina de humildad*
> Con pantalones vaqué
> pelo largo de cristiá
> la navaja en el bolsí
> y una flor mal tatuá
> encontrábame a la mí
> de mi vida desgraciá
> cuando tú te aparecís
> flor de calle flor de các
> y me sacaste a fló
> *como reina de humildad.*

Bonita, dije mirando por la puerta del garaje las nubes que pasaban. No está mal, admitió el hombre, la compuse hará unos tres meses en la picada de la Gorda Martínez. Y tras un silencio evocador añadió: donde hacen un chancho en piedra para chuparse los dedos. Después el guitarrero se puso a hablar de viajes al interior de Chile que parecían a países lejanos y exóticos, y de cantores, cafiches y putas. Pero

siempre vuelvo al taller, terminó. Antes de marchar-
me, me recitó otro de sus poemas:

> Tempus fugit cariñí
> le dijo el viejo a la vié
> sentados junto al abís
> cuando la tarde se alé
> los recuerdos fragmentá
> nos visitan nuevamén
> fotografías quebrá
> de tanto como quisí
> la vida en cueros quemá
> el cielo a trizas vestí.

Más tarde me acompañó hasta la calle y me in-
dicó en qué dirección debía ir para encontrar una
parada de micros. Nos dimos la mano y me fui caminando. Sobre una cuesta vi a dos niños que jugaban con un aro de metal. Pensé que si me metía por
el aro, como un cerdo amaestrado, saldría en otra di-
mensión. Esa noche le conté a Mónica todo lo que
me sucedió y le devolví el libro de Rilke. Al día siguiente fuimos al cine con mi abuela, que vino a
Santiago a despedirse de nosotros y que se quedó en
casa de unos parientes hasta el día de nuestra partida, de la primera, frustrada, y de la segunda, exitosa,
aunque hasta que no vi el avión en vuelo no estuve
seguro de que pudiéramos dejar el país. Los recuerdos siguientes son confusos, creo que le escribí una
carta a Mónica (no me atrevo a llamarlo poema) que
luego destruí, conseguí mi primer pasaporte, fuimos
más veces al cine.

Y ya estamos otra vez en el aeropuerto y a mi madre, seguida con ímprobo esfuerzo por mi hermana y por mí, ambos arrastrando maletas que intentábamos camuflar como bolsos de mano, se la llevan a las oficinas de la Interpol. Y recuerdo que todo el mundo nos miraba y que yo iba pensando, al mismo tiempo que comenzaba a tener conciencia de ser mirado, dos cosas: la primera, que si hubiera tenido la escopeta (esa escopeta que llegó misteriosamente a mi casa y que ahora creo que perteneció a uno de los amantes de mi madre) habría disparado contra los policías y luego le habría prendido fuego al aeropuerto; la segunda, que no nos iban a dejar salir nunca de Chile y que mi destino, por tanto, sería no poder nunca mirar y sí ser mirado. Y después mi madre se peleó (verbalmente) con los policías y si tuvo miedo a ser detenida supo ocultarlo con una maestría envidiable, e insultó a un acreedor de aquellas tierras que ya habíamos dejado atrás con la elegancia y el desdén de quien vive de avión en avión (la palabra *jet-set* comenzaba a imponerse en las revistas que ella leía), de capital en gran capital. Y después puso voz de mujer en apuros y pidió una gauchada, pero de igual a igual. Y después incluso rogó que la dejaran salir, que el padre de sus hijos la estaba esperando y que era un hombre muy capaz de hacer una tontería por un quítame allá estas pajas. Pero no hubo nada que hacer y aquella noche no pudimos volar (mi madre tenía una letra protestada, eso era todo) y volvimos, pasado el susto, a casa de las hermanas Vargas, con mi abuela (que esa noche se quedó a dormir allí), con Rebeca Vargas, tan buena amiga consolando a mi madre nerviosísima, y con una o dos personas más a quienes ya no recuerdo. Y en casa encontramos a Mónica, a quien no le gustaban las despedidas y que seguramente tenía proyectos mucho mejores que acompañar al aeropuerto a unos sureños a quienes posiblemente nunca más vería y que nos hizo contar otra vez toda la historia, y esa noche pese a las risas finales fue una noche triste, más que triste negra, lóbrega, insomne. Y cuando todas se fueron a dormir yo me quedé en el balcón, en mangas de camisa, muriéndome de frío, con mi libro de Parra sin abrir entre las manos. Y cuando ya todo parecía que estaba perdido a mi madre le dio un ataque de asma.

2. El Gusano

Parecía un gusano blanco, con su sombrero de paja y un Bali colgándole del labio inferior. Todas las mañanas lo veía sentado en un banco de la Alameda, mientras yo me metía en la Librería de Cristal a hojear libros y cuando levantaba la cabeza, a través de las paredes de la librería que en efecto eran de cristal, ahí estaba él, quieto, mirando el vacío.

Supongo que terminamos acostumbrándonos el uno al otro. Yo llegaba a las ocho y media de la mañana y él ya estaba allí, sentado en un banco, sin hacer nada más que fumar y tener los ojos abiertos. Nunca lo vi con un periódico, con una torta, con una cerveza. En una ocasión, mientras lo miraba desde los estantes de literatura francesa, pensé que dormía en la Alameda, sobre un banco, o en los portales de alguna de las calles próximas, pero luego conjeturé que iba demasiado limpio para dormir en la calle y que seguramente se alojaba en alguna pensión de por ahí cerca. Era, constaté, un animal de costumbres, igual que yo. La mía consistía en ser levantado temprano, desayunar con mi madre, mi padre y mi hermana, fingir que salía al colegio y tomar un camión que me dejaba en el centro, en donde dedicaba la primera parte de la mañana a los libros y a pasear y la segunda al cine y al sexo.

Los libros los solía comprar en la Librería de Cristal y en la Librería del Sótano. Si tenía poco dinero en la primera, en donde siempre estaba disponible una mesa con saldos, si tenía suficiente en la última, si no tenía los solía robar indistintamente en una u otra o prudentemente traía uno o dos conmigo, disimulados entre los libros de texto escolares. Se diera el caso que se diera, no obstante, mi paso por la Librería de Cristal y por la del Sótano (enfrente de la Alameda y ubicada, como su nombre lo indica, en un sótano) era obligado. A veces llegaba antes de que los comercios abrieran y entonces lo que hacía era buscar a un vendedor ambulante de tortas, comprarme una de jamón y un vaso de zumo de mango, y esperar. A veces —después de mi espléndido desayuno— escribía. Todo esto duraba hasta las diez de la mañana, hora en que comenzaban en algunos cines del centro las primeras funciones matinales. Buscaba películas europeas, aunque algunas mañanas de inspiración no discriminaba el nuevo cine mexicano.

La que más veces vi creo que era francesa. Dos chicas viven solas en una casa aislada. A la rubia la ha dejado el novio y al mismo tiempo (al mismo tiempo del dolor, quiero decir) tiene problemas de personalidad: cree que se está enamorando de su compañera. La pelirroja es más joven, es más inocente, es más irresponsable; es decir: es más feliz (aunque yo por entonces era joven, inocente e irresponsable y al mismo tiempo me creía profundamente desdichado). Un día, un fugitivo de la ley entra subrepticiamente en su casa y las secuestra. Lo curioso es que el allanamiento tiene lugar precisamente la noche en que la rubia ha decidido hacer el amor con la pelirroja y luego suicidarse. El fugitivo se introduce por una ventana, navaja en mano recorre con sigilo la casa, llega a la habitación de la pelirroja, la reduce, la ata, la interroga, pregunta cuántas personas más viven ahí, la pelirroja dice que sólo ella y la rubia, la amordaza. Pero la rubia no está en su habitación y el fugitivo recorre la casa, cada minuto que pasa más nervioso, hasta que finalmente encuentra a la rubia tirada en el sótano, desvanecida, con síntomas inequívocos de haberse tragado todo el botiquín. El fugitivo no es un asesino, en todo caso no es un asesino de mujeres, y salva a la rubia: le hace vomitar, le prepara un litro de café, etcétera. Después pasan los días y las mujeres y el fugitivo comienzan a intimar. El fugitivo les cuenta su historia: es un ex presidiario, un ex ladrón de bancos, su mujer lo ha dejado. Las mujeres son artistas de cabaret y una tarde o una noche, no se sabe, viven con las cortinas cerradas, le hacen una representación: la rubia se enfunda en una magnífica piel de oso y la pelirroja finge que es una domadora. Al principio el oso obedece, pero luego se rebela y con sus garras va despojando poco a poco a la pelirroja de sus vestidos. Finalmente, ya desnuda, ésta cae derrotada y el oso se le echa encima. No, no la mata, le hace el amor. Y aquí viene lo más curioso: el fugitivo, después de ver el número, no se enamora de la pelirroja sino de la rubia, es decir del oso. El final es predecible pero no carece de cierta poesía: una noche de lluvia, después de matar a dos ex compañeros, el fugitivo y la rubia huyen con destino incierto y la pelirroja se queda sentada en un sillón, leyendo, dándoles tiempo antes de llamar a la policía. El libro que lee la pelirroja, me di cuenta la tercera vez que vi la película, es *La caída,* de Camus. También vi algunas mexicanas más o menos del mismo estilo: mujeres hermosas que eran secuestradas por tipos patibularios, fugitivos de la ley que secuestraban a señoras ricas y jóvenes y que al final de una noche de pasión eran cosidos a balazos, hermosas empleadas de hogar que empezaban desde cero y accedían a las más altas cotas de dinero y poder. Por entonces casi todas las películas mexicanas que se hacían eran *thrillers* eróticos, aunque también se filmaban de terror erótico y de humor erótico. Las de terror seguían la línea clásica del *terror mexicano* establecida en los cincuenta, que era tan propia de la cultura de mi nuevo país como la escuela muralista, y que oscilaba entre el Santo, el Científico Loco, los Charros Vampiros y la Inocente, aderezada con modernos desnudos (preferiblemente de desconocidas actrices norteamericanas, europeas, alguna argentina), escenas de sexo explícito y una crueldad en los límites de lo risible y de lo irremediable. Las de humor erótico no me gustaban.

Una mañana, mientras buscaba un libro en la Librería del Sótano, vi que estaban filmando la escena de una película y me acerqué a curiosear. Reconocí a Jacqueline Andere. Era la primera vez que veía personalmente a uno de mis mitos cinematográficos. Cuando yo iba al cine solía sentarme en las primeras filas y luego cruzaba las piernas. Con la mano izquierda frotaba mi pene por encima del pantalón hasta conseguir un orgasmo. El único problema era acoplar mis orgasmos con las mejores escenas de la película, que en el caso de aquellas que veía por segunda o tercera vez no era difícil, pero que en los estrenos se tornaba verdaderamente angustioso. Cuando vi *Barbarella,* por ejemplo, me vine a las primeras de cambio (con la escena del strip-tease en la nave espacial) y cuando vi *Crímenes pasionales,* interpretada por una actriz de la generación de Jacqueline Andere, hermosísima, una de mis preferidas pero cuyo nombre he olvidado, fui retrasando tanto mi orgasmo que al final éste llegó con los títulos de crédito. La asiduidad en la frecuentación de las salas cinematográficas me confirió tanta práctica que al final me convertí en un experto en la masturbación hierática, en los orgasmos inmóviles (cara de piedra, tal vez sólo una gota de sudor bajando por la mejilla), en los movimientos precisos, de una economía que hoy me parece increíble, de mi mano izquierda. Pero, en fin, aquella mañana vi a Jacqueline Andere y se me pasó por la cabeza una idea tonta, acercarme y pedirle un autógrafo, no sé por qué, nunca me han interesado los autógrafos. Así que cuando terminó de rodar su escena me acerqué (qué sorpresa al constatar su baja estatura que ni siquiera los zapatos con punta de aguja lograban disimular) y le dije si me podía dar su firma. Fue una de las cosas más sencillas que me han ocurrido. Nadie me detuvo, nadie se interpuso entre Jacqueline y yo, nadie preguntó qué estaba haciendo allí. Por un momento pensé que hubiera podido secuestrar a Jacqueline. Sólo la probabilidad me erizó los pelos de la nuca. La escena consistía en ella caminando por una de las sendas de la Alameda. Cuando acabó Jacqueline se detuvo un momento, como si escuchara algo, aunque ninguno de los técnicos le dijo nada, y luego siguió caminando en dirección al Palacio de Bellas Artes, en donde años después yo daría un recital de poesía desastroso (por lo que pasó en él y por lo que pasó después), y lo único que tuve que hacer fue caminar en dirección contraria. Al cruzarnos me detuve. Ella me miró, de abajo hacia arriba, el pelo rubio con una tonalidad ceniza que yo desconocía (puede que se lo hubiera teñido), los ojos marrones almendrados muy grandes y muy dulces, pero no, dulces no es la palabra: tranquilos, de una tranquilidad pasmosa, como si estuviera drogada o tuviera el encefalograma plano o fuera una extraterrestre, y me dijo algo que no entendí.

La pluma, dijo, la pluma para firmar.

Busqué en el bolsillo de mi chamarra un bolígrafo e hice que me firmara la primera página de *La caída* de Camus. ¿Eres estudiante?, dijo. Sí, dije. ¿Y qué haces aquí en vez de estar en clases? En su voz no había agresividad, ni se las quería dar de lista, simplemente constataba un hecho. A veces me tomo una mañana libre, dije. En realidad, desde hacía meses me estaba tomando cada mañana libre y sabía, aunque prefería posponer el problema, el momento en que se lo dijera a mis padres, que ya no iba a volver a clases. Me preguntó mi nombre. Bueno, pues firmemos, dijo a continuación. Después me sonrió, me dio la mano (una mano pequeña, de huesos delicados) y se alejó por la Alameda, sola. Me quedé quieto, mirándola, dos mujeres se le acercaron unos cincuenta metros más allá, parecían monjas misioneras, dos monjas mexicanas misioneras en África, con Jacqueline detenida debajo de un ahuehuete, y luego las tres echaron a andar en dirección al Bellas Artes.

En la primera página de *La caída,* Jacqueline escribió: «Para Arturo Belano, un estudiante liberado, con un beso de Jacqueline Andere». Al leerlo no pude evitar reírme. De golpe me encontré sin ganas de librerías, sin ganas de paseos, sin ganas de lecturas, sin ganas de cines matinales (sobre todo sin ganas de cines matinales). La proa de una nube enorme apareció por el centro de México, mientras por el norte de la ciudad resonaban los primeros truenos y rasgaban el cielo algunos relámpagos. Comprendí de pronto que la película se había interrumpido por la proximidad de la lluvia, me sentí solo y durante unos segundos tuve miedo y deseos frenéticos de estar en casa. Entonces el Gusano me saludó. Supongo que después de tantos días él también se había fijado en mí. Me volví y allí estaba, sentado en el mismo banco de siempre, nítido, absolutamente real con su sombrero de paja y su camisa blanca. Al marcharse los técnicos cinematográficos, comprobé asustado, era como si el mar se hubiera abierto y pudiera ahora ver el fondo marino. La Alameda vacía era el fondo marino, y el Gusano, su joya más preciada. Lo saludé, seguramente hice alguna observación banal, abandonamos juntos la Alameda hacia la zona del teatro Blanquita.

Lo que sucedió después es borroso y al mismo tiempo nítido, de una naturalidad extrema. El bar se llamaba Las Camelias. Yo pedí enchiladas y una TKT, el Gusano, una coca-cola y más tarde (pero no debió ser mucho más tarde) le compró a un vendedor ambulante dos huevos de caguama. Hablamos de Jacqueline Andere. No tardé en comprender, maravillado, que no sabía que era una actriz de cine. Le hice notar que precisamente estaba filmando una película, pero el Gusano simplemente no recordaba a los técnicos ni los aparejos desplegados para la filmación. Después dejó de llover y el Gusano sacó un fajo de billetes del bolsillo trasero, pagó y se fue.

Al día siguiente nos volvimos a ver. Por su expresión pensé que no me reconocía o que no quería saludarme. De todos modos creí que estaba en deuda con él y me acerqué. Parecía dormido aunque tenía los ojos abiertos. Era flaco, pero sus carnes, excepto los brazos y las piernas, se adivinaban blandas, incluso fofas. Su flaccidez era más de orden moral que físico. Sus huesos eran pequeños y fuertes. Pronto supe que era del norte o que había vivido mucho tiempo en el norte, que para el caso es lo mismo. Soy de Sonora, dijo. Me pareció curioso, pues mi abuelo también era de allí. Eso interesó al Gusano y quiso saber de qué parte de Sonora. De Santa Teresa, dije. Yo de Villaviciosa, dijo el Gusano. Una noche le pregunté a mi padre si conocía Villaviciosa. Claro que la conozco, dijo mi padre, está a pocos kilómetros de Santa Teresa. Le pedí que me la describiera. Es un pueblo muy pequeño, dijo mi padre, no debe tener más de mil habitantes (después supe que no llegaban a quinientos), bastante pobre, con pocos medios de subsistencia, sin una sola industria. Está destinado a desaparecer, dijo mi padre. ¿Desaparecer cómo?, le pregunté. Por la emigración, dijo mi padre, la gente se va a ciudades como Santa Teresa o Hermosillo o a Estados Unidos. Cuando se lo dije al Gusano, éste no estuvo de acuerdo, aunque en realidad para él las frases «estar de acuerdo» o «estar en desacuerdo» no tenían ningún significado; el Gusano no discutía nunca, tampoco expresaba opiniones, no era un dechado de respeto por los demás, escuchaba y almacenaba, o tal vez sólo escuchaba y después olvidaba, atrapado en una órbita distinta a la de la otra gente. Su voz era suave y monocorde aunque a veces subía el tono y entonces parecía un loco que imitara a un loco y yo nunca supe si lo hacía a propósito, como parte de un juego que sólo él comprendía, o si simplemente no lo podía evitar y aquellas salidas de tono eran parte del infierno. Cifraba su seguridad en la pervivencia de Villaviciosa en la antigüedad del pueblo; también, pero eso lo comprendí más tarde, en la precariedad que lo rodeaba y lo carcomía, aquello que según mi padre amenazaba su misma existencia. No era un tipo curioso aunque pocas cosas se le pasaban por alto. Una vez miró los libros que yo llevaba, uno por uno, como si le costara leer. Después nunca más volvió a interesarse por mis libros aunque cada mañana yo aparecía con uno nuevo. A veces, tal vez porque de alguna manera me consideraba un paisano, hablábamos de Sonora, que yo apenas conocía: sólo había ido una vez, para el funeral de mi abuelo. Nombraba pueblos como Nacozari, Bacoache, Fronteras, Villa Hidalgo, Bacerac, Bavispe, Agua Prieta, Naco, que para mí tenían las mismas cualidades del oro. Nombraba aldeas perdidas en los departamentos de Nácori Chico y Bacadéhuachi, cerca de la frontera con el estado de Chihuahua, y entonces, no sé por qué, se tapaba la boca, como si fuera a estornudar o a bostezar. Parecía haber caminado y dormido en todas las sierras: la de Las Palomas y La Cieneguita, la sierra Guijas y la sierra La Madera, la sierra San Antonio y la sierra Cibuta, la sierra Tumacacori y la sierra Sierrita bien entrado en el territorio de Arizona, la sierra Cuevas y la sierra Ochitahueca en el noreste junto a Chihuahua, la sierra La Pola y la sierra Las Tablas en el sur, camino de Sinaloa, la sierra La Gloria y la sierra El Pinacate, en dirección noroeste, como quien va a Baja California. Conocía toda Sonora, desde Huatabampo y Empalme, en la costa del golfo de California, hasta los villorrios perdidos en el desierto o en la sierra, cerca de Arizona. Sabía hablar la lengua yaqui y la pápago (que circulaba libremente entre los lindes de Sonora y Arizona) y podía entender la seri, la pima, la mayo y la inglesa. Su español era seco, en ocasiones con un ligero aire impostado que sus ojos contradecían.

He dado vueltas por las tierras de tu abuelo que en paz descanse, me dijo una vez, como una sombra sin asidero.

Cada mañana nos encontrábamos. A veces intentaba hacerme el distraído, tal vez reanudar mis paseos solitarios, mis sesiones de cine matinales, pero él siempre estaba allí, sentado en una banca de la Alameda, muy quieto, con el Bali colgándole de los labios y el sombrero de paja tapándole la mitad de la frente (su frente de gusano blanco), y era inevitable que yo, sumergido entre las estanterías de la Librería de Cristal, lo viera, me quedara un rato contemplándolo y al final acudiera a sentarme a su lado.

No tardé en descubrir que el Gusano siempre iba armado. Al principio pensé que tal vez fuera policía o que lo perseguía alguien, pero resultaba evidente que no era policía (o que *ya no era* policía) y pocas veces he visto una actitud más despreocupada con respecto a la gente: nunca miraba hacia atrás, nunca miraba hacia los lados, raras veces miraba el suelo. Cuando le pregunté por qué iba armado el Gusano me contestó que por costumbre y yo le creí de inmediato. Llevaba el arma en la espalda, entre el espinazo y el pantalón. ¿La has usado muchas veces?, le pregunté. Sí, muchas veces, dijo como en sueños. Durante muchos días el arma del Gusano me obsesionó. Me daba reparo estarme sentado en un banco de la Alameda conversando (o monologando) con un hombre armado, no por lo que él pudiera hacerme pues desde el primer instante supe que el Gusano y yo siempre seríamos amigos, sino por temor a que nos viera la policía del DF, por miedo a que nos cachearan y descubrieran el arma del Gusano y termináramos los dos en los calabozos de una comisaría.

Una mañana se enfermó y me habló de Villaviciosa. Lo vi desde la Librería de Cristal y me pareció igual que siempre, pero al acercarme a él observé que la camisa estaba arrugada, como si hubiera dormido con ella puesta, y luego, al sentarme a su lado, noté que temblaba constantemente. Tienes fiebre, dije, tienes que meterte en la cama. Lo acompañé, pese a sus protestas, hasta la pensión donde vivía. Acuéstate, le dije. El Gusano se sacó la camisa, puso la pistola debajo de la almohada y pareció quedarse dormido en el acto, aunque con los ojos abiertos fijos en el cielorraso. En la habitación había una cama estrecha, una mesilla de noche, un ropero desvencijado. En el interior del ropero vi tres camisas blancas perfectamente dobladas y dos pantalones del mismo color colgados de sendas perchas. Debajo de la cama distinguí una maleta de cuero de excelente calidad, de aquellas que tenían una cerradura como de caja fuerte. No vi ni un solo periódico, ni una sola revista. Olía a desinfectante. Dame dinero para ir a una farmacia a comprarte algo, dije. Me dio un fajo de billetes que sacó del bolsillo de su pantalón y volvió a quedarse inmóvil. De vez en cuando un escalofrío lo recorría de la cabeza a los pies como si se fuera a morir. Por un momento pensé que tal vez lo mejor sería llamar a un médico, pero comprendí que eso al Gusano no le gustaría. Cuando volví, cargado de medicinas y botellas de coca-cola, se había dormido. Le di una dosis de caballo de antibióticos y unas pastillas para bajarle la fiebre. Luego hice que se bebiera medio litro de coca-cola. También había comprado un pancake, que dejé en el velador por si más tarde tenía hambre. Cuando ya me disponía a irme, él abrió los ojos y se puso a hablar de Villaviciosa.

A su manera, fue pródigo en detalles. Dijo que el pueblo no tenía más de sesenta casas, dos cantinas, una tienda de comestibles. Dijo que las casas eran de adobe y que algunos patios estaban encementados. Dijo que el pueblo tenía entre dos mil y tres mil años y que sus naturales trabajaban de asesinos y de vigilantes. Dijo que cerca del pueblo pasaba un río llamado Río Negro por el color de sus aguas y que al bordear el cementerio formaba un delta que la tierra seca acababa por chuparse. Dijo que la gente a veces se quedaba largo rato contemplando el horizonte, el sol que desaparecía detrás del cerro El Lagarto, y que el horizonte era de color carne como la espalda de un moribundo. ¿Y qué esperan que aparezca por allí?, le pregunté. No lo sé, dijo. Luego dijo: una verga. Y luego: el viento y el polvo tal vez. Después pareció tranquilizarse y al cabo de un rato creí que estaba dormido. Volveré mañana, murmuré. Tómate las medicinas y no te levantes. A la mañana siguiente, antes de ir a la pensión del Gusano, pasé un rato, como siempre, a la Librería de Cristal. Cuando me disponía a salir, a través de las paredes transparentes, lo vi. Estaba sentado en el mismo banco de siempre, con una camisa blanca holgada y limpia y unos pantalones blancos inmaculados, con el sombrero de paja y un Bali colgándole del labio inferior. Miraba al frente, como en él era usual, y parecía sano. Ese mediodía, al separarnos, me alargó con un gesto hosco varios billetes y dijo algo acerca de las molestias que yo había tenido el día anterior. Era mucho dinero. Le dije que no me debía nada, que hubiera hecho lo mismo por cualquier amigo. El Gusano insistió en que cogiera el dinero. Así podrás comprar algunos libros, dijo. Tengo muchos libros, contesté. Así dejarás de robar libros por algunos días, dijo. Al final acepté el dinero. Ha pasado mucho tiempo, ya no recuerdo cuánto era, el peso mexicano se ha devaluado muchas veces. Sólo recuerdo que me sirvió para comprarme veinte libros y dos discos.

Nunca más me volvió a hablar de Villaviciosa. Durante un mes y medio, tal vez dos meses, nos vimos cada mañana y nos despedimos cada mediodía, cuando llegaba la hora de comer y yo volvía en el camión de La Villa o en un pesero rumbo a mi casa. Alguna vez lo invité al cine, pero el Gusano nunca quiso ir. Le gustaba hablar conmigo sentados en la Alameda o paseando por las calles de los alrededores y de vez en cuando condescendía a entrar en un bar en donde siempre buscaba al vendedor ambulante de huevos de caguama. Nunca lo vi probar alcohol. Pocos días antes de que desapareciera para siempre le dio por hacerme hablar de Jacqueline Andere. Comprendí que era su manera de recordarla. Yo hablaba de su pelo rubio ceniza y lo comparaba favorable o desfavorablemente con el pelo rubio amielado de sus películas y el Gusano asentía levemente, la vista clavada al frente, como si la viera por primera vez. Una vez le pregunté qué clase de mujeres le gustaban. Era una pregunta estúpida, hecha por un adolescente que sólo quería matar el tiempo. Pero el Gusano se la tomó al pie de la letra y durante mucho rato estuvo cavilando la respuesta. Al final dijo: tranquilas. Y después añadió: pero sólo los muertos están tranquilos. Y al cabo de un rato: ni los muertos, bien pensado.

Una mañana me regaló una navaja. En el mango de hueso se podía leer la palabra *Caborca* en letras de alpaca. Recuerdo que le di las gracias efusivamente y que aquella mañana, mientras platicábamos en la

Alameda o mientras paseábamos por las conglome-
radas calles del centro, estuve abriendo y cerrando la
hoja, admirando la empuñadura, tentando su peso
en mi mano, maravillado de sus proporciones tan
justas y atemorizando a algunos peatones que al ver
la navaja se echaban a un lado presumiendo en mí una
intención dolosa que en modo alguno tenía. Por lo
demás, aquel día fue igual a todos los otros. A la mañana siguiente el Gusano ya no estaba.

Dos días después lo fui a buscar a su pensión y
me dijeron que se había marchado al norte. Nunca
más lo volví a ver.

3. El viaje

Dora Montes embarcó en el *Donizetti* junto con otros veinte pasajeros aproximadamente, entre los cuales me encontraba yo. El nombre del puerto en el que abordamos el barco parecía una broma o un nonsense. Y tal vez fuera un nonsense, pero broma, en el sentido español del término, no lo era.

Después vino la travesía por las esclusas, con los pasajeros madrugando para no perderse ni un detalle (yo me quedé dormido) y después, durante el desayuno, la vi. Compartía la mesa vecina a la mía con su secretaria, una mujer desabrida, de pelo lacio y muy largo que siempre iba vestida de negro, con un comerciante peruano y con mi compañero de camarote. A mi vez, yo me sentaba con un jesuita español que se dirigía a Bolivia y que nos abandonaría en El Callao, con un estudiante chileno que volvía de Europa y con su mujer, una alemana que estaba aprendiendo a hablar español. La verdad es que no sé a quién se le ocurrió ponernos juntos. No era por nuestra nacionalidad, tampoco porque nuestros nombres fueran alfabéticamente correlativos, ni porque compartiéramos una misma ala en los camarotes. Simplemente fue el azar y ya durante la comida que siguió a aquel desayuno descubrimos que podíamos, los cuatro de mi mesa y los cuatro de la mesa vecina, pasarlo aceptablemente bien entre nosotros e incluso entre ambas mesas y que las discusiones, si las había, serían encaradas con tolerancia y fácilmente superadas.

Mi compañero de camarote se llamaba Johnny Paredes y sus padres lo enviaban a Chile para alejarlo de las malas amistades de Caracas. Hablaba como venezolano, parecía venezolano, pero era un chileno que desde los dos o tres años de edad vivía en Venezuela, en donde sus padres tenían negocios. Presumía de dinero. Pensaba vivir en casa de una tía en Viña del Mar y tenía el propósito de estudiar como un valiente y de no hacer amistades masculinas. El camarote, de cuatro plazas, sólo lo compartíamos él y yo y ya desde el primer encuentro me dejó claro que él no era homosexual y que si tenía alguna idea rara al respecto más valía que me desengañara. Teníamos la misma edad pero yo parecía mayor debido a mi pelo largo, a mi bigote y a mi barba. Aquélla era la primera vez que Johnny Paredes viajaba solo y se notaba. También era mi primera vez, pero yo lo disimulaba mejor pues mi viaje había empezado hacía dos meses. A veces recordaba a mis padres despidiéndome en una estación de autobuses en México DF y sentía tristeza y nostalgia. La estación tenía un letrero con letras de neón donde se leía: Gran Estación del Sur y desde allí partían todos los viajeros que iban a Puebla, Oaxaca, Chiapas y también los que se dirigían a Guatemala. Yo, al igual que Johnny Paredes, debía estar estudiando en la universidad, en mi caso en la Universidad Nacional Autónoma de México, pero ya había sido expulsado de dos prepas y mi futuro universitario era negro como un viejo bolero imposible. Una noche mi padre me puso en la disyuntiva de trabajar en el DF o irme a trabajar a Sonora. Le dije que prefería irme a Sonora. Allí estuve tres meses y una noche, borracho y drogado, visité la tumba de mi abuelo en Santa Teresa y a la mañana siguiente tomé el primer autobús de vuelta al DF. Recuerdo que me sentía muy mal y que le dije al chofer que probablemente vomitaría durante el trayecto y que el chofer me dio una bolsa de plástico y me dijo que no me preocupara. También le dije que me avisara cuando pasáramos por Villaviciosa y cuando se lo dije el chofer me miró de otra manera, como si se diera cuenta que llevaba a un loco, y después me dijo que el autobús no pasaba por allí pero que él me indicaría cuando pasáramos cerca aunque lo único que iba a poder ver eran unos cerros pelados. Le dije que de acuerdo y me puse a dormir. Cuando me despertó no sabía dónde estaba. El sol era cegador, de un amarillo casi blanco. A la izquierda, dijo el chofer. Miré protegiéndome los ojos con una mano: sólo vi cerros, tal como él había dicho, y en la punta de los cerros unos árboles inclasificables, pocos, con las ramas muy separadas entre sí, sin hojas, oscuros. Cuando llegué a casa le dije a mi padre que había dejado el trabajo en Sonora. No sirvo para eso, dije. ¿Qué quieres hacer entonces?, dijo mi padre. La revolución, dije yo. ¿Qué revolución?, dijo mi padre. La revolución americana, claro, dije yo. ¿Qué revolución americana?, dijo él. Mi madre, hasta entonces silenciosa, dijo Dios mío. Después les dije que me iba a Chile. ¿La revolución chilena?, dijo mi padre. Moví la cabeza afirmativamente. Pero si tú eres mexicano, dijo mi padre. No, soy chileno, dije yo, pero eso es lo de menos, todos los latinoamericanos deberíamos ir a Chile a apoyar la revolución. ¿Y quién te va a pagar el viaje?, dijo mi padre. Ustedes, si quieren, dije yo, si no me voy a dedo. Esa noche, según me contó mi hermana, mi padre y mi madre estuvieron llorando largo rato, ella los escuchó desde su cuarto. Estarían follando, dije yo (no, follando seguro que no dije, estarían cogiendo, cogiendo, ojalá hubieran estado cogiendo). Una semana después me dieron dinero para atravesar Centroamérica en autobús y me compraron en el mismo DF el billete de barco que me trasladaría desde Panamá hasta Valparaíso. Por supuesto, ellos querían que me fuera en avión, pero logré disuadirlos con el argumento de que viajar por tierra era formativo, educativo y además más barato. Sólo la idea de poner los pies en un aeropuerto me erizaba los pelos.

Una tarde mientras escribía Dora Montes se sentó a mi lado y comenzó a darme palique. Me preguntó si les estaba escribiendo a mis padres, luego me preguntó si era una carta para mi novia y finalmente quiso saber si se trataba de un diario íntimo. Respondí que no era una carta y que además no tenía novia, y que tampoco llevaba un diario. Sorprendentemente, llegados a este punto, la curiosidad de Dora Montes se desvaneció (fui yo quien le dijo más tarde y sin que ella me lo preguntara que aquello era un cuento) y se puso a contarme lo que había sentido esa mañana cuando desde la cubierta vimos a dos ballenas. Habló de los esposos místicos, de la vida en los océanos y finalmente, no sé por qué, del dinero. Fue esa tarde cuando me explicó en qué trabajaba. Era vedette de espectáculos de cabaret. Concretamente hacía strip-tease. Ahora volvía a Chile después de una gira por diversos *night-clubs* de Centroamérica, todos siniestros excepto el Carrusel de Panamá, en donde trabajó durante dos meses. Ella, por supuesto, prefería trabajar en Santiago o Valparaíso, pero en Chile, me confesó, no eran buenos tiempos para striptiseras. Al cabo de seis meses, lo que le durara un nuevo contrato que tenía en Santiago, debía volver a Centroamérica y eso, desde ya, la deprimía. Había, no obstante, una esperanza: que su representante le consiguiera actuaciones en Buenos Aires, aunque acto seguido reconocía humildemente que la competencia allí era excesiva.

Dora Montes debía tener unos treinta años y era morena, de mediana estatura y bastante honrada. Les veía el lado bueno a casi todas las cosas aunque personalmente no se entusiasmaba con nada. Su secretaria (que en realidad era su hermana, pero eso no lo supe hasta el segundo día de viaje) se pasaba gran parte del día tumbada en la cubierta de popa, presa de migrañas que según decía le provocaba el aire de mar. A primera vista parecía una inútil como secretaria o ayudante y Johnny Paredes alguna vez me preguntó qué demonios hacía allí. Su utilidad, sin duda, era más probable que se desplegara detrás de las bambalinas, en tierra firme, como costurera, tesorera o enfermera, que durante un tranquilo crucero en barco. Con el paso de los días comprendí que Dora Montes seguramente se hubiera suicidado de no contar a cada instante con la presencia sutil de su hermana. Dora creía, de manera harto misteriosa, que aquélla convocaba en su persona todos los males que la acechaban (que intuía, no sé por qué, numerosos), y así, por ejemplo, si bebía más de la cuenta, la que se sentía mal al día siguiente era su secretaria. Cuando le expresé mis dudas acerca de esta extraña empatía, Dora Montes afirmó que eso era algo usual en su familia y que a su madre y a la hermana mayor de su madre ya les había pasado. Una noche, al volver de la sala de fiestas, encontré en mi camarote a Dora y a Johnny en la cama. Al día siguiente, mientras escribía, Dora se me acercó y me dijo que no me hiciera una mala idea de ella. Le dije que por supuesto que no, que no se preocupara. Después se sentó a mi lado y tras un silencio prolongado en el que contemplaba ora el mar, ora mi cuaderno, procedió a explicarme con franqueza y sencillez que la culpa de todo era mía. Recuerdo que iba con un pantalón acampanado de color celeste y que llevaba el pelo recogido sobre la nuca, un pelo muy negro, renegrido, fuerte al tacto. No sé por qué de repente tuve deseos de hacerle daño. Le dije que si quería confesarse teníamos a mano al jesuita español. Eso fue todo. Me arrepentí casi de inmediato. Pero antes sentí (y tal vez sentí satisfacción) cómo Dora Montes me clavaba una mirada de desprecio y después se levantaba murmurando como para sí una frase insultante que me dejó helado (hasta ese día nunca había escuchado en labios de una mujer una frase tan soez y tan certera, tan imposible de fallar en el blanco) y que en modo alguno creía merecer. Aquella noche al volver a mi camarote una vez más Johnny

Paredes me pidió que me perdiera por cubierta durante una hora.

Cada noche los viajeros de segunda clase celebrábamos una fiesta. Teníamos una banda que por el día fregaba platos en la cocina y por la noche amenizaba nuestros bailes. Todos eran italianos y muchos eran comunistas que simpatizaban con la vía chilena hacia el socialismo. A veces solicitaban la presencia de un voluntario del público para que subiera al escenario y cantara o hiciera un número de magia o contara chistes. Cuando llegábamos a un puerto desaparecían en bloque y se estaban todo el tiempo que podían en un burdel de donde volvían tan extenuados que eran incapaces, la primera noche después de emprender nuevamente la singladura, de amenizar nuestras fiestas y teníamos que conformarnos con la música de un tocadiscos. El resto de los marineros se tomaba con más calma los atraques y muchos ni siquiera bajaban a puerto. Los pasajeros solían despedir a los que desembarcaban definitivamente agitando pañuelos desde la pasarela, aunque minutos después muchos de ellos también desembarcaran para una breve visita turística. Cuando le pregunté a una peruana que volvía de Italia por qué los amigos del que se iba no bajaban a despedirlo a tierra, su respuesta fue que así era más romántico.

A veces hablábamos de política. En mi mesa el estudiante que volvía de Europa se declaró democratacristiano, su mujer alemana, demócrata y el jesuita español se declaró de izquierdas, genéricamente, sin especificar ningún partido. En la mesa vecina Dora Montes dijo no interesarse por la política, su

hermana confesó sus simpatías por la derecha, Johnny Paredes dijo ser un apolítico convencido (incluso se permitió la mentecatez de afirmar: «Después
de mucho estudiar el panorama, me decanto por la
apolítica») y el comerciante peruano, que transpor-
taba tuberías y herramientas de segunda mano com-
pradas en Panamá y que vivía preocupado por la
aduana de su país, acerca de la cual constantemente
hacía cábalas peregrinas —pensaba pasar su material
como equipaje personal—, murmuró que se incli-
naba, modestamente, por el APRA. Con el jesuita
era con quien yo más solía hablar. Una noche, apo-
yados en la borda, mientras escuchábamos a nuestras espaldas canciones de Rita Pavone, me dio una
conferencia sobre el pensamiento de Erasmo y Spi-
noza en las luchas de liberación latinoamericanas.
En agradecimiento le obligué a leer mi mejor cuento. Éste trataba de una invasión extraterrestre. Los
extraterrestres eran muy parecidos a las hormigas:
igual de pequeños, igual de fuertes, igual de organi-
zados, pero con un grado de avance tecnológico
superior al del hombre. Las primeras naves espacia-
les que llegaban a la Tierra (tres) medían un metro y
medio de largo, cuarenta centímetros de alto y medio metro de ancho. Al principio sus intenciones
eran pacíficas, se celebraban conversaciones en las
Naciones Unidas, se les daba la bienvenida y las naves-hormigas lo único que hacían era orbitar alrededor del planeta con alguna ocasional incursión
misteriosa, la mayor parte de las veces sobre ciudades pequeñas, cruces de caminos poco transitados,
montañas que nadie en el mundo había oído nom-

brar hasta entonces. Pero al cabo de noventa días, cuando la expectación y la alegría causada por su presencia comienza a decrecer, dos de las naves dejan su órbita en la estratósfera y se presentan en una plantación del condado de Jefferson, en el oeste de Virginia. Los campos en cuestión pertenecen a John Taeger y están dedicados al cultivo de tabaco. Avisado el sheriff del condado por el asustado propietario, pronto la plantación se ve invadida por autoridades estatales y federales, policías, militares del Pentágono, cámaras de televisión, curiosos, etcétera. Las hormigas extraterrestres salen de sus naves en pequeños ingenios volantes de no más de cinco centímetros de diámetro y entablan una comunicación rudimentaria con las autoridades norteamericanas. Mientras tanto otras hormigas han comenzado a hacer agujeros y a levantar torres de un material que parece hecho de finos alambres entrecruzados. Al cabo de cinco horas las autoridades de la Tierra descifran el mensaje: las hormigas han decidido tomar posesión del lugar. Alertado el presidente de los Estados Unidos, el Consejo de Seguridad de las Naciones Unidas, los expertos ufólogos de todo el mundo y la plana mayor del Pentágono, al final no se llega a ningún acuerdo y las únicas medidas que se toman son aconsejar a la familia Taeger que abandone su casa y cercar la plantación con una fuerte barrera de seguridad. Esa noche, por supuesto, todo el mundo la pasa en velas: los agentes que vigilan el acceso a la plantación, los radares de la seguridad nacional norteamericana, los chicos de la prensa que aguardan cualquier noticia en el lugar de los hechos, los vendedores de sándwiches y camisetas que se han acercado a la plantación y John Taeger, que se ha negado en redondo a abandonar su casa y se pasa toda la noche sentado en el porche, en ocasiones llorando amargamente, en ocasiones intentando buscar el lado positivo a la nueva e inesperada situación. El presidente de los Estados Unidos llama en dos ocasiones al primer ministro soviético. El primer ministro soviético llama en una ocasión al presidente de los Estados Unidos. Las hormigas, vigiladas por aparatos infrarrojos de la policía militar y del FBI, trabajan toda la noche. A la mañana siguiente, nadie sabe cómo, la noticia bomba se ha filtrado a la prensa. Las hormigas extraterrestres pretenden no sólo expoliar a la familia Taeger sino quedarse en propiedad con *todo* el condado de Jefferson. La noticia, rápidamente recogida por periódicos y cadenas de televisión de todo el mundo, suscita reacciones encontradas. En principio la opinión pública norteamericana se divide en dos bandos: los que se niegan en redondo a alienar un solo metro cuadrado de soberanía nacional y los que ven en la intención de los insectos extraterrestres una oportunidad para el intercambio tecnológico, la cooperación en la carrera espacial (con la ayuda de las hormigas ya se iban a enterar los rusos), el desarrollo acelerado de la astronomía, la física, la astrofísica, la matemática cuántica, todo a cambio de un condado más bien pobre, poco industrializado y dedicado al monocultivo de una clase de tabaco cuya calidad no se cuenta entre las mejores. El día siguiente, además de producirle un infarto al desafortunado John Taeger, es pródigo en toda clase de reuniones. Los encuentros se suceden con velocidad febril. El Rotary Club del condado de Jefferson propone que se les ceda a las hormigas un territorio similar, pero en Honduras. Los embajadores europeos y del Pacto de Varsovia confían en que el presidente norteamericano mantenga la calma y que trate de solucionar el contencioso por medios pacíficos. Los expertos hacen cálculos: si en las dos naves que han descendido en las tierras de Taeger hay entre cinco mil y diez mil hormigas, y si éstas son capaces de reproducirse en la Tierra, y si cuentan con suficiente poder como para eliminar a sus enemigos naturales, y si sus vidas son el doble de largas que las de los himenópteros o neurópteros nativos, e incluso si son el triple de largas, y si lo que buscan se halla en abundancia en el condado de Jefferson (y todo hace suponer que así es), pasarán como mínimo cien años antes de que decidan pedir la cesión de otro condado de características similares. No obstante, la voz de los belicistas, en ese primer día de deliberaciones, sube de tono: un ataque masivo sobre la plantación de Taeger, aéreo y terrestre, eliminaría a los extraterrestres de un solo golpe; con la nave que aún orbitaba alrededor de la Tierra se podría, en situación de igual a igual, llegar a un acuerdo posterior o derribarla; las medidas contrarias lo único que conseguirían sería fortalecer a las hormigas, permitiendo que el cáncer extraterrestre se multiplicara en los Estados Unidos y a la larga en todo el mundo. El día termina con una sensación de agotamiento y expectación. Las hormigas, según los informes de los observadores, no han parado de trabajar ni un minuto.

Al día siguiente el presidente de los Estados Unidos ha tomado una determinación. Se les comunica a los extraterrestres que la tierra en la que se han aposentado es propiedad privada de John Taeger, quien de momento no tiene intenciones de venderla, y que además esas tierras, vendibles o no vendibles, están bajo la jurisdicción y la bandera de los Estados Unidos de América; que por lo tanto deben cesar de inmediato las prospecciones y/o trabajos extraterrestres, sub-sole o sub-terra, en el condado de Jefferson y que las hormigas deben enviar de inmediato una delegación a la Casa Blanca a discutir los términos de su proyectada estancia en los Estados Unidos y, en general, en la Tierra. La respuesta de las hormigas es escueta: no han venido a expoliar a nadie, sus intenciones *en principio* son comerciales y pacíficas, han escogido un condado más bien pequeño y no demasiado poblado, en una palabra no creen que sea para tanto. Requisitorias posteriores obtienen la callada por respuesta. Los militares creen llegado su turno de actuar. El bombardeo al que planean someter a las hormigas será limitado pero contundente y cubrirá un área de dos kilómetros a la redonda teniendo como epicentro el punto en el que aún están posadas sus dos naves interestelares. Tras una larga vacilación que dura todo un día y ante el mutismo de los extraterrestres, que algunos consejeros confunden con indiferencia e incluso con soberbia, el presidente da la orden de bombardeo. Acto seguido se evacúa la zona que comprende la casa de los Taeger y la de dos granjeros más, amén de un cruce de caminos que en su día hiciera famoso el coronel

Mosby y en donde se exhibe una mohosa placa conmemorativa que nadie se acuerda de poner a salvo, y se procede al bombardeo. Éste es realizado por aviones que descargan sobre la zona una cantidad considerable de bombas probadas con éxito en Vietnam. Pero todo falla. Las pocas bombas que logran caer son neutralizadas por lo que algunos autores de ciencia-ficción invitados a programas de televisión en directo llaman con indisimulado alborozo *campo magnético de protección* o *barrera de protección electromagnética*. La mayoría de los aviones, por lo demás, son derribados por un rayo misterioso que surge del cielo y que los expertos no tardan en identificar como procedente de la nave que permanece fuera de la atmósfera terrestre. La respuesta de las hormigas, sin embargo, no se reduce a repeler el ataque, acto seguido «el rayo de la muerte», como no tardará en ser bautizado por la prensa sensacionalista, se abate con una precisión que pone los pelos de punta sobre la Casa Blanca, dejándola reducida a cenizas. En el ataque mueren todos los que en ese momento están en el edificio, incluidos el presidente de los Estados Unidos (Richard Nixon) y la mayoría de sus colaboradores. Ocupa su puesto el vicepresidente (Spiro Agnew), que pone en alerta máxima al Comando Aéreo Estratégico Nuclear, aunque minutos después de jurar su nuevo cargo es disuadido por propios y extraños de lanzar un ataque atómico sobre Virginia. Una escaramuza por tierra, llevada a cabo por milicias virginianas y por un comando especializado en guerra bacteriológica y química, acaba de manera desastrosa, con los soldados chamuscados hasta los huesos. Y tras la tempestad llega por fin la calma. El nuevo presidente norteamericano suspende cualquier preparativo bélico. El perímetro de la plantación de Taeger, rodeado por fuerzas de seguridad, es abandonado. Las tropas que antes se veían transitar por algunos pueblos del condado de Jefferson desaparecen. Con el paso de las semanas se establece, de facto, la soberanía de las hormigas o al menos su libre usufructo del condado de Jefferson. Muchos de sus habitantes abandonan sus casas y se trasladan a California. Otros permanecen a la expectativa. Pero no sucede nada; pueden seguir en sus casas, pueden transitar por sus carreteras sin controles formiguiles, pueden dejar el condado y volver a entrar sin que nadie los moleste. De hecho, son *muy pocos* los que han visto a las hormigas extraterrestres e incluso en algún periódico de Idaho y Montana (y en varios de Latinoamérica) surgen voces que cuestionan la existencia real de éstas. Para las personas que viven cerca de la antigua plantación de Taeger, sin embargo, las cosas han cambiado: nadie osa pisar una hormiga, ni qué decir un hormiguero, en verano sólo usan insecticida en el interior de sus casas en el buen entendimiento de que los extraterrestres jamás caerían en una trampa tan rudimentaria. En muchos lugares del mundo, sobre todo en el gremio de los escritores y artistas, se multiplican por mil los casos de zoopsia, que algunos atribuyen al aumento del alcoholismo y consumo de drogas y otros, más delicados, a la manifestación en las almas más sensibles de una amenaza futura. Un buen día, los radares de todo el mundo captan el despegue de las dos naves que permanecían en el condado de Jefferson. Poco después, aún sin poder creérselo, la noticia da la vuelta al mundo. De las tres naves-hormigas sólo una permanece orbitando alrededor de la Tierra, las otras dos han desaparecido en el vasto espacio, probablemente de vuelta a su planeta de origen. En la antigua plantación de Taeger, según muestran las fotos de aviones espía y de algún que otro curioso temerario, las cosas apenas han cambiado: hay cinco torres de alambre trenzado de una altura no superior al metro y medio, separadas entre sí por no más de cuarenta centímetros y a su alrededor, de tanto en tanto, revolotean las pequeñas naves-avispas. El resto de su colonia, como es obvio deducir, se halla bajo tierra, nadie en el condado de Jefferson ha entablado aún contacto físico con los extraterrestres. El Pentágono ante esta nueva situación propone otro ataque. El presidente duda o hace ver que duda. Entabla consultas con las potencias amigas. Éstas le aconsejan que hable con los rusos, pero el presidente y sus allegados estiman que los soviéticos son capaces de comunicarles sus intenciones a las hormigas. En el ánimo del presidente pesan muchas consideraciones pero finalmente la que se impone es la visión de la Casa Blanca destruida, incluso con su complejo subterráneo antinuclear. Para alivio de muchos se llega a un statu quo. Comienza una nueva época en la Tierra. Las Naciones Unidas les ofrecen a las hormigas un sillón en la Asamblea Permanente, sillón que por razones de decoro éstas rechazan. Se establece, pese a todo, una comunicación fluida entre terrestres y extraterrestres. Un grupo de expertos que acuden a la antigua plantación de Taeger, en cuyos lindes instalan su maquinaria y sus tiendas de campaña, dictamina que harán falta por lo menos cincuenta años para que el condado de Jefferson se les haga pequeño a los extraterrestres, teniendo en cuenta que en dos meses ni siquiera han llegado al patio de la casa. Con el tiempo, además, el conocimiento sobre las hormigas las hará más accesibles y por lo tanto más vulnerables. Se publican ensayos y se llega a algunas conclusiones: las hormigas no se alimentan de lo mismo que sus hermanas de la Tierra, todo hace pensar que desconocen el lenguaje escrito, su cultura es onírica, el terreno sobre el que se han establecido no experimenta en la superficie cambios notables. Todas estas conclusiones, por supuesto, son parciales. Según los granjeros de la región, las hormigas comen hormigas. Un guía turístico de la Gran Pirámide de Teotihuacán dice haber visto naves extraterrestres no mayores que una cajetilla de cigarrillos detenidas junto a uno de los muchos hormigueros existentes en las cercanías de la pirámide. Las hormigas terrestres eran conducidas una por una hacia el interior de las naves. Un sacerdote misionero en el Amazonas afirma haber presenciado una epifanía (Dios me perdone) junto a un hervidero de hormigas rojas en la región de Manicoré. Las hormigas rojas, dice el misionero, eran elevadas silenciosamente por el aire hacia el interior de objetos volantes similares a un huevo hervido, pero de color negro y lleno de hendiduras. Junto al hormiguero, las hormigas rojas en vez de huir se alzaban unas sobre otras como si quisieran tocar con sus antenas los huevos que...

El cuento estaba inconcluso. Es posible, le dije al jesuita, que lo aumente hasta convertirlo en una novela. El jesuita no hizo ningún comentario. Imaginé que no le había gustado la última parte, la del misionero en el Amazonas, y cuando volví a la fiesta estuve pensando en hacer algunos cambios y pedirle que lo volviera a leer. Pero entonces se me acercó la secretaria de Dora Montes y olvidé el cuento y al jesuita. Dora va a hacer una locura, fue lo primero que me dijo, yo sentado y ella de pie, inclinada sobre mí, casi al oído. Olía a picante, a una mezcla de comida italiana y perfume. Quise saber qué clase de locura. Una locura de amor, cuál otra, dijo la secretaria sentándose a mi lado. Su mano por debajo de la mesa buscó la mía y me entregó furtivamente un billete. Invítame a un trago, dijo sonriendo. Al levantarme intenté ver si Dora Montes se encontraba en la sala pero no la vi. Cuando regresé con dos whiskys, le entregué el cambio por encima de la mesa y le pedí que me explicara con claridad qué le ocurría a Dora. Va a hacer un strip-tease delante de todos, dijo mirándome muy fijamente. Y el culpable eres tú, añadió.

Uno de los recuerdos más indelebles de mi regreso a Chile está cifrado en una noche que pasé en una pensión de Guatemala. Las paredes debían ser muy delgadas y la cabecera de mi cama seguramente estaba pegada a la cabecera de la cama de la habitación vecina. Al principio todo estaba silencioso y me dispuse a terminar de leer un libro fumando plácidamente. El libro era *Afrodita,* de Pierre Louÿs. En algún momento seguramente me quedé dormido. Entonces sentí voces y me desperté. Los que hablaban eran dos hombres. Por sus acentos supe que no eran mexicanos, uno tal vez era centroamericano, el otro podía ser venezolano o panameño. No sé por qué a este último lo imaginé negro. El cuarto, al igual que el mío, tenía un par de camas y el centroamericano ocupaba la que estaba junto a la mía: por un momento imaginé su cabeza apoyada en el sitio exacto de la pared en que yo apoyaba mi cabeza. Supe desde antes de despertar de qué conversaban o discutían: no sé a qué otro motivo adjudicar la angustia que sentí de inmediato. El centroamericano hablaba de cuchillos. El venezolano, tal vez más angustiado que yo, ponderaba varias marcas. El centroamericano lo hacía callar, le decía que lo importante en un cuchillo era el brazo que lo guiaba. El venezolano ponderaba a varios cuchilleros de su país. El centroamericano decía que eso (¿pero qué?) eran mariconerías, que los cuchilleros de verdad vivían en el anonimato. El venezolano decía que era verdad, que el anonimato y la humildad eran el traje de domingo de los hombres. El centroamericano decía que los hombres que tenían traje de domingo no merecían llamarse hombres. El venezolano asentía incansable y decía que cuánta razón tenía, que los hombres de verdad van bien trajeados los siete días de la semana. El centroamericano decía que los hombres de verdad vivían en el anonimato y en la sangre y que allí no eran necesarios los trajes. El venezolano decía que aquello era poesía, el anonimato y la sangre, qué bonito queda. El centroamericano tosía entonces, como si la presencia del venezolano lo ahogara, y contaba una historia. La historia era acerca de una mujer, una vedette como Dora Montes, a la que le había tomado cariño. Una mujer hermosa, decía, de veintiocho años muy bien llevados, seria y trabajadora. Una mujer con la que tuvo un hijo o una hija (no quedaba claro; incluso era posible que se estuviera refiriendo a un hijo anterior de la mujer) y con la que vivió feliz durante un tiempo. Una mujer a la que hacía trabajar y no se quejaba. Una mujer a la que podía insultar y pegar sin escuchar de sus labios más que quejas razonables (empleó la palabra razón varias veces y también sensatez e insensatez). ¿Y qué pasó, compadre?, decía la voz temblorosa del venezolano al que imaginaba negro, tal vez boxeador, en cualquier caso más fuerte que el centroamericano, capaz de tumbarlo nueve de diez ocasiones, pero renuente a una pelea, con ganas de dormir y seguir viajando al día siguiente. ¿Qué pasó?, decía el centroamericano junto a mi oído. ¿Qué pasó, compadre, con esa vida feliz?, repetía el venezolano. Hace cinco meses que la maté, decía el centroamericano. Y después: con un cuchillo de cocina. Y mucho después: le di sepultura en el patio de nuestro nidito de amor. Y cuando ya me dormía: dije que se había ido de gira. ¿A las autoridades, compadre? A los guardias, sí, decía el centroamericano, con una voz en donde se advertía el sueño y el cansancio, el fin de la borrachera y la agresividad, la disposición incluso de la desnudez.

Aquella noche encontré a Dora Montes en la cubierta de proa, en una zona reservada a los poquísimos viajeros de primera clase. Estaba borracha. Le dije que así no podía hacer ningún strip-tease y me la llevé a mi camarote. Hicimos el amor hasta que volvió Johnny Paredes. Dora, al contrario que muchos borrachos cuyos cuerpos se emblandecen o pierden la sincronización, estaba dura y se movía con precisión matemática. Carajo, dijo Johnny Paredes cuando encendió la luz, te he estado buscando durante horas, tu hermana me dijo que te querías matar. Después se sentó en su litera y todos nos pusimos a hablar. Según Dora, sólo estaba triste y ni había pretendido suicidarse (eso sólo lo hacen las tontas) ni mucho menos desnudarse en público. Debió inventárselo mi hermana para que tú me buscaras, dijo mirándome a los ojos. Si quieren vuelvo dentro de una hora, dijo Johnny Paredes. No es necesario, dijo Dora, métete en tu litera y duérmete. Johnny apagó la luz y se desnudó en la oscuridad. Buenas noches, nos dijo. Buenas noches, dijimos nosotros. No se veía absolutamente nada pero yo sabía que Dora estaba sonriendo.

La tarde siguiente Dora hizo el amor con Johnny Paredes. Por la noche volvió a hacerlo conmigo y cuando llegamos a Arica, para celebrar que estábamos en tierra chilena, lo hicimos los tres juntos y fue un desastre. Johnny y yo no hacíamos más que vigilarnos subrepticiamente y al final a Dora le dio un ataque de risa.

Llegamos a Valparaíso de noche y no sé por qué no nos dejaron desembarcar hasta la mañana siguiente. Esa noche Dora Montes, su secretaria, Johnny Paredes y yo estuvimos hasta tarde conversando en cubierta, observando las luces de los cerros y escuchando la radio chilena. Recuerdo que Johnny contó historias de pandilleros en Caracas, seguramente inventadas, Dora y su hermana contaron anécdotas de cabarets centroamericanos y yo les conté que en Panamá había visto *El último tango en París* y conocido a un camarero negro, en el bar de debajo de mi pensión, que había visto todas, absolutamente todas las películas mexicanas y que me aconsejó no volver a Chile. Dora y su hermana no hicieron ningún comentario. Pero Johnny pareció interesarse. ¿Y por qué te dijo que no volvieras? No lo sé, dije. Era negro, flaco como un palillo y creo que homosexual, y decía que yo le caía bien. Ah, bueno, dijo Johnny, así se entiende. Incluso me dijo que él sabía cómo revender el billete de barco para que pudiera volver a México. No sigas, dijo Johnny, todo está claro.

Al día siguiente dejamos el barco. A Johnny Paredes lo esperaba su tía de Viña del Mar. A Dora y a su secretaria las aguardaban dos tipos grandes, de bigotes, vestidos con trajes oscuros. Nuestra despedida fue formal. Después me puse la mochila a la espalda y me fui caminando hasta la estación de trenes.

4. El golpe

Soñaba con una mujer de ojos brillantes cuando me despertaron los gritos de Juan de la Cruz, un pintor y tallista de vírgenes en cuya casa me alojaba. Lo primero que pensé fue que me echaban de la casa o que tenía una llamada telefónica de México, algo grave tal vez relacionado con la salud de mi madre. Luego me di cuenta que Juan de la Cruz no gritaba sino que gemía y se tiraba de los pelos con una mano mientras con la otra remecía mi hombro, aunque al hablar su voz apenas pasaba del susurro, como si temiera que lo fueran a escuchar. Salté de la cama desnudo y le pregunté si me llamaban. El pintor se sentó sobre la cama que yo acababa de abandonar y dijo que no me preocupara, que mi madre estaba bien, o que eso pensaba él, y luego dijo que ojalá él pudiera estar ahora junto a mi madre e incluso junto a mi padre, o mendigando por Chapultepec que es algo que recuerdan los turistas y Juan de la Cruz no hacía mucho había estado en México. Los militares se han levantado, dijo, está todo perdido. Mi primera impresión fue de alivio. Mi madre estaba bien, mi familia estaba bien. Me vestí, fui al baño a lavarme la cara y los dientes seguido por el pintor, que me resumía una y otra vez lo que hasta entonces había ocurrido y después desayunamos juntos una taza de té. Le pregunté qué pensaba hacer.

¿Qué quieres que haga?, me dijo, soy un artista, está todo perdido.

Yo no lo creía así y antes de salir a la calle busqué mi navaja *Caborca* en el interior de la mochila, me la guardé en un bolsillo y salí. Era un barrio de clase trabajadora, de casas de un solo piso, con jardín y patio, que se extendía desmesuradamente junto a la carretera que comunicaba Santiago con el sur. Al otro lado de la carretera se levantaba una población reciente, de calles estrechas y sin asfaltar, comunicada con el barrio, con sus comercios, mediante escasos y excesivamente elevados pasos peatonales de hierro. A ambos lados de la carretera abundaban los terrenos baldíos.

La calle estaba vacía pero yo sabía que los vecinos del pintor eran socialistas porque por las noches la gente del barrio solía salir a sus jardines a conversar y yo en una ocasión había hablado con ellos. Así que crucé la calle y llamé a su puerta. Yo no era comunista ni socialista pero me pareció que aquél no era un día como para escoger a los compañeros. Los socialistas eran huérfanos y uno tenía diecisiete y el otro, quince años, y los encontré desayunando. Vivían con el hermano mayor, que tenía veinte años y que hacía un rato se había marchado a su fábrica. Me invitaron una taza de té y al principio tuve la impresión de que el hermano había acudido a trabajar. Luego me di cuenta que no, que nadie iba a trabajar aquel día.

Uno de los socialistas dijo que en la célula comunista del barrio estaban repartiendo armas y coordinando la acción de todos los grupos de izquierda y tras terminar nuestros tés hacia allá partimos. La célula comunista estaba instalada en la casa de un obrero del Partido Comunista, un tipo gordito y de pequeña estatura a quien la presencia de tanta gente desconocida en el comedor de su casa conseguía azorar de forma manifiesta. Por momentos el gordo parecía a punto de echarse a llorar aunque en el último instante siempre mantenía la compostura. Allí conocían a los hermanos socialistas y éstos me presentaron sucintamente: un compañero, dijeron, y el gordo y su mujer dijeron buenos días, compañero, y luego se encogieron de hombros.

Cada recién llegado traía noticias nuevas y contradictorias. Todos hablaban a la vez y el gordo en ocasiones se refugiaba en un rincón, bajo el retrato de un hombre y una mujer, también gordos y con una sonrisa literalmente de oreja a oreja, que debían ser sus padres, y se dedicaba entonces a sacar las monedas de un bolsillo, contarlas, guardarlas, sacar las monedas del otro bolsillo, contarlas, guardarlas. Después hundía la cabeza entre las manos e intentaba pensar.

Los congregados en el comedor éramos más de quince y representábamos casi todo el arco de la izquierda chilena, parlamentaria y extraparlamentaria. La mujer del gordo salió de la cocina con una bandeja llena de vasos y una tetera. De pronto bajó el diapasón de las discusiones y todos nos sentamos donde pudimos, la mayoría en el suelo y nos pusimos a beber té. Recuerdo que nos tratábamos de compañeros y compañeras, aunque hasta el día anterior apenas nos hubiéramos visto un par de veces. Entre los jóvenes, sobre todo, el nivel de camaradería era extremo. El gordo aprovechó el primer momento de calma y dijo que debíamos ponernos en contacto con la organización para recibir órdenes concretas y noticias fidedignas. La misión, que debía realizarse a pleno día, con toque de queda y a bordo de una bicicleta, me fue encomendada a mí. Entonces caí en la cuenta que ellos creían que yo era extranjero (y por lo tanto un activista experimentado) y me apresuré a sacarlos del error, les dije que era chileno, que hablaba con otro acento porque acababa de llegar de México, en donde había vivido muchos años, que no tenía la más mínima experiencia en situaciones como aquélla y que además apenas conocía Santiago. La noticia los sumió a todos, pero en especial al gordo, en una tristeza profunda. Por un instante creí que nos diría que nos fuéramos a casa. Pero el gordo insistió en su idea y pidió un voluntario. Todos se negaron aduciendo una u otra razón. La mujer del gordo, desde la cocina, nos miraba con tristeza. Bueno, dijo el gordo zanjando la cuestión, iré yo mismo.

Algunos salimos a la calle a despedirlo o a aconsejarle la mejor ruta a seguir. Evitando las calles más transitadas el trayecto era de por lo menos veinte minutos. Antes de irse el gordo se despidió de sus hijos y luego montó en la bicicleta y se alejó. Era la única persona que transitaba por aquellas calles vacías y mantenía el equilibrio con cierta dificultad. Que yo sepa, nunca más volvió a su casa.

Después la mujer del gordo preparó más té y todos nos servimos otra ronda. Algunos se pusieron a hablar de fútbol. Las conversaciones se fragmentaron en parejas y tríos. Uno se puso a contar chistes. Las paredes y el suelo eran de madera y olían bien. De pronto me sentí cansado y de buena gana me hubiera quedado dormido. El gordo parecía haberse llevado consigo el sueño de la Historia y los que quedábamos en la casa, quien más, quien menos, sabíamos en lo más hondo que todo estaba perdido.

Al cabo de un rato llegó otro comunista, un tipo con un suéter que parecía tejido con pelo, y dijo que era una barbaridad tanta gente reunida sin hacer nada más que beber té. Ya era hora que vinieras, Pancho, dijo la mujer del gordo. Comprendimos que el tal Pancho era el jefe de la célula y que el gordo en su ausencia sólo había actuado como suplente. Los hermanos socialistas y otro par de jóvenes, todos menores de veinte años, dijeron que querían acción, pero que ante la falta de armas nos conformábamos con el té. Ahora van a tener acción, dijo el tal Pancho, y se sentó a la cabecera de la mesa e hizo que nos pusiéramos en fila. En una hoja anotó nuestros nombres y luego las calles que debíamos vigilar y finalmente nuestros alias. ¿Cómo te quieres llamar?, me dijo cuando me tocó mi turno. Yo hubiera querido Ernesto pero ya uno se lo había apropiado, así que dije el primer nombre que se me vino a la cabeza. Enrique. Después el tal Pancho nos dio las contraseñas: *Parece que va a llover,* debíamos contestar nosotros cuando se nos acercara alguien (con toda probabilidad el mismo Pancho, pero también cabía la posibilidad de que fuera otro compañero) y nos dijera *Qué mañana más fría.* Luego debíamos decir *No será para tanto,* que querría decir que en la calle no había habido movimiento de ultraderechistas, o *Va a llover a chuzos,* que querría decir exactamente lo contrario. A mí me encargaron de la vigilancia de una calle cercana a donde vivía. Cuando pregunté a qué ultraderechistas tenía que vigilar, no supieron qué contestarme. Después fuimos saliendo uno a uno rumbo a nuestras respectivas misiones.

Fueron dos de las peores horas de mi vida las que pasé sentado en la calle, en donde no se veía un alma, entregado a la contemplación de las casas cerradas. Sabía que yo también era vigilado y comprendía, además, la curiosidad y de alguna manera la justicia de quienes me vigilaban: sólo un loco era capaz de estar sentado en una calle vacía, en plena contemplación de la nada, expuesto a que pasara un jeep del ejército y lo detuviera. En una ocasión vi a unos niños que me miraban desde una ventana. En otra ocasión una mujer salió al patio con su perro (éste quería salir a la calle, pero la mujer se lo impidió y estuvimos hablando un rato). Por lo demás, en la casa o las casas de los presuntos ultraderechistas no se observaba movimiento alguno, ¿para qué? El trabajo lo estaban haciendo otros, y a juzgar por los aviones que de vez en cuando veía pasar como en un sueño, de una nube a otra nube, de forma impecable.

Cuando por fin vi aparecer al tal Pancho sólo tenía ganas de irme. No venía solo. Un tipo joven y alto, con el pelo mojado, como acabado de lavar, lo acompañaba. *Qué mañana más fría,* dijo. De pronto me di cuenta que no me acordaba de la contraseña y así se lo dije. No me acuerdo de la contraseña, compañero, pero aquí todo está tranquilo (en realidad, lo único fuera de la nueva normalidad de la calle éramos nosotros). ¿Qué hacemos aquí parados?, pensé. El tal Pancho me miraba como si no me conociera y temiera una emboscada o algo peor. Su acompañante, lo adiviné por la cara que puso al oír mi excusa, parecía dispuesto a emprenderla a puñetazos conmigo allí mismo. *Qué mañana más fría,* insistió el jefe de la célula. Esta vez decidí pasarlo por alto e informar sucintamente de todo lo que había ocurrido en aquellas dos horas: no hay movimiento de elementos ultraderechistas, dije, mi impresión es que la gente está asustada, no he visto patrullas militares, una mujer que salió al patio con su perro me dijo que están bombardeando la Moneda. *Qué mañana más fría,* repitió Pancho y no sé por qué en ese momento sentí una especie de ternura por él, por el gorila que lo acompañaba, por mí mismo, que no había llevado ningún libro para entretenerme durante aquella larga espera.

Uno de los dos debía haber cedido, pero ni el tal Pancho ni yo queríamos hacerlo. Preguntábamos, respondíamos, definitivamente perdidos el uno para el otro.

Comedia del horror de Francia

Para Lautaro y Alexandra Bolaño

Aquel día, si mal no recuerdo, fue el día del eclipse. Nosotros, los amigos de Roger Bolamba, nos habíamos acomodado en la fuente de soda La Vecindad del Sol, que está o estaba en la curva del paseo marítimo, oficialmente conocido en ese tramo con el nombre de avenida Coronel Goffin. Mientras esperábamos el espectáculo del eclipse hablábamos de poesía y política, que era, por lo demás, de lo que siempre hablábamos. Habíamos escogido una mesa junto a la ventana que da al acantilado, que no era la mejor mesa del local, pero que tampoco estaba mal. Si bien es cierto que los camareros apenas nos prestaban atención y nos servían de los últimos, Bolamba presidía la mesa con su habitual dignidad y nosotros, que entonces éramos jóvenes e inexpertos, nos sentíamos como príncipes.

Junto a nuestra mesa había un tipo vestido con una americana de algodón, de color blanco, una camisa negra y una corbata rojo sangre. El tipo era grande, por lo menos de un metro noventa, y bebía ron con Guyanita-Cola. Lo acompañaban dos mujeres, una mayor de edad, que miraba para todos lados, como si el ambiente festivo que flotaba en La Vecindad del Sol la asustara, y otra muy joven, que de tanto en tanto se acurrucaba en el pecho del hombre elegante y le susurraba palabras que no llegué a inteligir.

Lo recuerdo porque cuando se produjo el eclipse el hombre se levantó de su mesa y empezó a bailar mirando al sol cara a cara (todos los demás lo mirábamos provistos de negativos fotográficos o gafas especiales, incluso había quienes lo hacían a través de trozos de vidrio oscuro, restos de botellas de cerveza, seguramente), y al cabo de unos segundos la mujer mayor se le unió, en una especie de chacona o de resbalosa, de galleada tal vez o de sombrilla, un baile que tenía algo de anacrónico al mismo tiempo que de terrorífico, un baile que, según dictaminó Bolamba, sólo se practicaba en el interior de los bosques del norte, es decir en las zonas más pobres y peor comunicadas del país, los bosques palúdicos, las aldeas semiabandonadas en donde reinaban el dengue y las supersticiones, muy cerca de la frontera.

Pero eso no fue todo. Por un lado, el sol comenzó a apagarse hasta volverse completamente negro. Por el otro, el tipo elegante y la mujer mayor bailaron una sombrilla, que en ocasiones más parecía una resbalosa, o una chacona, por la decisión de los pasos, o una galleada, por sus movimientos obscenos, canturreando y mirando el fenómeno estelar sin pestañear. Parecían poseídos, pero no de forma violenta, sino resignada, burocrática. La chica joven, desentendida del eclipse, los miraba únicamente a ellos, como si sus giros, harto previsibles, fueran lo más interesante que sucedía en aquel momento. También debo decir que de toda la gente que apoyaba sus narices en los ventanales de La Vecindad del Sol, puede, pero esto es una presunción, que fuera yo, además de aquella chica, el único que miraba indistintamente lo que sucedía en ambas orillas. Cuando el eclipse se hubo completado todos, es decir el círculo de amigos de Roger Bolamba, retuvimos la respiración y aplaudimos. Los demás parroquianos siguieron nuestro ejemplo y el aplauso fue, además de unánime, atronador. Incluso el hombre elegante suspendió su baile y se inclinó en una venia tan sumisa como sardónica. En ese momento la mujer mayor se puso a gritar.

—Me he quedado ciega —dijo.

Los camareros de La Vecindad del Sol, que observaban el cielo provistos de gafas ahumadas, la miraron y se echaron a reír. El tipo elegante manoteó el aire. Sus dedos buscaron el cuerpo de la mujer mayor, que se había sentado en el suelo, sin éxito. La chica joven se levantó de la mesa y tomó al hombre de la mano.

—El eclipse ha concluido —dijo—. Ahora podemos marcharnos, querido.

Con el codo, le indiqué a mi amigo David Alén lo que ocurría a sus espaldas, pero éste, tras echar una mirada a los tres personajes que concitaban mi atención, volvió a concentrarse en la espectral oscuridad que soplaba sobre las avenidas y colinas de Puerto Esperanza. Después la chica levantó del suelo a la mujer mayor llamándola mamá, madre, progenitora, ama, señora, mi dama sin pecado, mientras por sus mejillas se derramaban las lágrimas. Qué teatro más absurdo, recuerdo que pensé. El tipo elegante, otra vez sentado a la mesa, daba cuerda a un reloj de pulsera brillante, que ciertamente no parecía barato. Dejé de mirarlos. El mar, abajo, se había calmado de pronto, y las olas, según dictaminó Roger Bolamba, ignoraban si era llegada la hora del flujo o del reflujo. Oímos ladrar a un perro. Más allá del acantilado, en donde el paseo marítimo recorre la zona de la playa, vimos a un hombre entrar en el agua y luego ponerse a nadar hasta la boya. Los edificios de la primera línea de mar parecían movidos, ligeramente inclinados hacia el sur, como torres pisanas psicópatas. Las pocas nubes que antes surcaban el cielo de Puerto Esperanza habían desaparecido. Un ruido como de carbón contra madera seca, como de piedra contra joya, estriaba de forma imperceptible el aire de la capital. Roger Bolamba, que fue quien nos citó en aquella fuente de soda, dijo que el próximo eclipse de sol lo veríamos en traje de baño y en la playa, y que haríamos, entonces, como aquel nadador que avanzaba hacia la boya.

—¿Cuándo es el próximo eclipse? —dijo alguien a quien no reconocí.

—Dentro de treinta años —le contestó David Alén.

Cuando quise mirar al tipo elegante y a las mujeres que lo acompañaban, éstos ya se habían ido. Después el sol volvió a brillar en los cristales del establecimiento y la mayoría guardó en sus bolsillos (o tiró al suelo) los artefactos usados para preservar los ojos de los peligrosos rayos del astro rey, salvo los camareros, que siguieron atendiendo con las gafas puestas durante más de cinco años, creando una moda a la que se adhirieron, al cabo del tiempo, los camareros de los hoteles, de los estaderos cerca de la playa, y finalmente los camareros de las discotecas.

El resto de la tarde transcurrió de la manera usual: alguien escribió un soneto al eclipse; alguien comparó el eclipse con el estado de la cultura en nuestro país; alguien afirmó que los hijos concebidos durante un eclipse nacen con taras congénitas o, de plano, son malos como el diablo, lo que desaconsejaba hacer el amor durante la ocultación total o parcial del sol. Después llegó la hora de pagar y todos nos rascamos el bolsillo. Como siempre, a alguien le faltaba dinero o no le alcanzaba o no había traído, y entre todos, democráticamente, tuvimos que solventar su deuda, una cerveza, un café, un dulce de piña. Nada, como se puede ver, demasiado caro, aunque para los pobres todo lo que no sea gratis es caro.

Más tarde el dueño de la fuente de soda, que respetaba el pasado deportivo de Bolamba y que aceptaba a regañadientes su actual magisterio literario, nos conminó a abandonar el local, cosa que hicimos de buen grado, pues en La Vecindad del Sol no había aire acondicionado y el calor a esas horas comenzaba a ser inaguantable. La tertulia prosiguió en el parque De Gaulle, el más extenso de la ciudad, en donde nos echamos sobre el pasto verde, que nadie segaba, como nos hizo notar Alcides La Mouette, desde hacía más de un mes, por la huelga de los empleados municipales externos, que comprendía a los jardineros y vigilantes de jardines, pero no a los basureros, cuyo estatuto laboral era distinto. Así pues, encontramos la hierba más alta (mucho más alta) de lo normal, y sobre ella nos echamos, Roger Bolamba y los cinco o seis que lo seguíamos a todas partes, mientras los vendedores de marihuana y anfetamina se situaban en los bancos de cemento o de granito que sustituían a los bancos de hierro colado originales, que alguien había robado y vendido a las familias ricas y cultas de nuestra ciudad.

Y, como siempre, leímos en voz alta las noticias que publicaba el suplemento literario de *El Monitor de Puerto Esperanza,* unas noticias que a nosotros nos parecían funestas, los nombres de los académicos que habían pasado a mejor vida, los nombres de los que aún seguían pululando por los sótanos del Ministerio de Asuntos Exteriores o del Ministerio de Sanidad y Bienestar Social, ocupados en complejos problemas de heurística. Junto a ellos, fulgurantes, se encontraban los jóvenes (aunque alguno de estos jóvenes tenía más de cincuenta años) que ocuparían sus puestos y que, de momento, se dedicaban a escribir sobre la flora y fauna de nuestra república. Era a ellos a quienes Roger Bolamba más odiaba o envidiaba, pues pertenecían a su generación y eran, en cierta medida, los responsables directos de su posición marginal en las letras nacionales. Como siempre, nos reímos de sus poemas, nos reímos de sus traducciones (había una de un alemán que sonaba como si el alemán fuera un criollo tartamudo), nos reímos de sus reseñas, ditirámbicas en la mayoría de los casos, engoladas, exergos al maestro y glosas al compadre o amigo. Después empezó a anochecer y a soplar la brisa del sur y todos acompañamos a Bolamba a su casa, que estaba en el puerto, una casita de pescadores en donde los libros y las copas y medallas que había ganado nuestro mentor en su larga carrera deportiva se disputaban cada centímetro de espacio.

Allí, como era usual, nos sirvió a cada uno una copita de ron, que bebimos de un solo trago, y luego todos juntamos nuestras manos, como también era usual, en el centro, sobre las manos extendidas de Bolamba, y gritamos:

—¡A ganar!

Y luego nos fuimos y dejamos que nuestro pedagogo descansara.

Aquella noche, sin embargo, una suerte de melancolía brillaba débilmente en los ojos de mis compañeros, como si el grito bolambiano no fuera suficiente o como si nos estuviéramos haciendo mayores. Alcides La Mouette lo expresó con claridad:

—¿Qué será de nosotros de aquí a quince años? ¿Qué será de nosotros dentro de treinta años, cuando en Puerto Esperanza se pueda contemplar el próximo eclipse? Trabajaremos en boticas, de funcionarios, o nos habremos marchado al interior a llevar una vida infame. Tendremos hijos y enfermedades. Nadie escribirá. Y esta mierda de país seguirá idéntico a lo que es ahora.

—Idéntico no —dijo David Alén—, probablemente peor, e incluso mucho peor.

—Entonces no estaremos vivos —dije yo—, pues si el país empeora no tendremos más remedio que irnos al bosque.

—Es una posibilidad —dijo David Alén.

Habíamos llegado al centro y los anuncios luminosos daban un matiz ora amarillo, ora azulado, ora rojizo a los rostros de mis amigos. Nos dimos la mano formalmente y nos despedimos. Yo tomé rumbo a Las Caletas, que era donde mi madre tenía un estadero de pescado frito que vendía acompañado de yuca y frijoles. Alén y La Mouette se dirigieron a las Casas Nuevas, que eran un conjunto de edificios para trabajadores que un arquitecto belga había construido hacía diez años en las afueras de la ciudad, junto a dos fábricas de celulosa, y que ya estaban en estado ruinoso. Mientras caminaba me puse a silbar una canción de moda. Luego me crucé con unos jóvenes blancos, que debían de ser turistas aunque no tenían pinta de tales, y mentalmente compuse un poema sobre la solidaridad humana, que desconoce las razas y las patrias. Los jóvenes blancos, entre los cuales sólo había una mujer, se subieron a un Cadillac descapotable y arrancaron haciendo chirriar los neumáticos. Me quedé quieto, contemplando la estela de humo que dejaban tras de sí, hasta que desaparecieron por la avenida Independencia. Cuando llegué a la parada, mi autobús hacía rato que había pasado y decidí ahorrarme el billete e ir caminando.

No sé por qué, resolví tomar el atajo (o lo que yo creía tal) de las colinas. Nunca antes lo había hecho. Siempre que iba a pie me dirigía por la calle del Comercio, cuya abigarrada humanidad se mantenía despierta y en acción hasta altas horas de la noche. Tal vez aquella noche, precisamente, no estaba yo para humanidades abigarradas, tal vez quería probar un camino desconocido, tal vez necesitaba respirar el aire más fresco de la parte alta de Puerto Esperanza.

Lo único cierto es que, en lugar de torcer a la derecha, en dirección al mar, tomé el camino de la izquierda, a través de una avenida bastante amplia, cuyo nombre he olvidado, y que subía con una pendiente al principio imperceptible. Al cabo de un rato las palmeras que había a cada lado de la avenida desaparecieron para dejar su sitio a los pinos, grandes pinos reales que erguían sus copas en medio de la noche. El ruido del centro también desapareció y en su lugar sólo quedó el ronquido en sordina de los pocos coches que circulaban por la avenida y la cantinela de los pájaros nocturnos que se llamaban los unos a los otros. Reconocí al pájaro jejé, que parece reírse de todo el mundo, y también creí distinguir la llamada del pájaro calorífero, cuyo canto o trino es de hastío.

Después pasé por una gasolinera, que tenía todas las luces encendidas pero en donde no vi a persona alguna, detalle que no me pasó desapercibido y que contribuyó a alarmarme, pues por esos días los robos a gasolineras y estaciones de servicio eran, según la prensa, moneda corriente. Aceleré el paso y cuando dejé atrás la gasolinera me di cuenta de que la pendiente se había vuelto más pronunciada y de que a los lados de la avenida no había casas sino cercas, como si hubieran parcelado el terreno hacía poco. Cada lote tenía una cerca diferente. Las calles laterales no estaban asfaltadas.

Al llegar a la cima de la colina vi el mar y las luces del puerto y el tráfico que corría por el paseo marítimo. No vi las luces de Las Caletas, que estaba al otro lado de la bahía, en la ribera del río Coco. Por un instante creí que mi sentido de la orientación me había jugado una mala pasada. Supe, sin embargo, que si seguía caminando y dejaba atrás la segunda colina no tardaría en llegar al barrio del Viejo Hospital, cuya orografía conocía tan bien como la palma de mi mano, y luego, directamente, a la playa.

Así que seguí caminando hasta llegar a una plaza exuberante, llena de árboles y grandes plantas oscuras que producían, merced a la brisa, un ruido singular. Como si hablaran. Como si le dieran la vuelta a una misma historia. Como si el eclipse, que nosotros no veíamos hasta dentro de treinta años, se hubiera instalado permanentemente entre sus hojas. Y volví a oír al pájaro jejé. Llamaba, eso me figuré, a otro pájaro, pero nadie le respondía. Je jé, je jé, je jé, decía el pájaro jejé desde lo alto de uno de los pinos. Y luego se hacía el silencio de la espera. Nadie respondía. Y entonces el pájaro volvía a llamar y luego volvía a esperar, con idéntico resultado. Su buen humor, aventuré, pese a lo infructuoso de su llamada, se mantenía intacto. Pensé que se reía de sí mismo, no de los que lo escuchaban. Entonces, sin considerar lo que hacía, le respondí:

—Je jé —dije, al principio más bien bajito, como si yo fuera un pájaro jejé tímido, pero luego más fuerte, hasta que mi respuesta alcanzó el diapasón más convincente.

El silencio que sobrevino de pronto sobre la plaza me puso la piel de gallina. No sólo el pájaro jejé no me contestó sino que sentí como si todas las plantas se volvieran a mirarme. Sentirme observado no me disuadió de mi propósito inicial y volví a llamar al pájaro en su lengua, que constaba únicamente de dos sílabas, por lo que su riqueza verbal, si la había, debía radicar en el tono con que estas sílabas fueran pronunciadas. Tal vez, me dije a mí mismo, el je jé del pájaro jejé que yo había oído quería decir estoy solo, necesito una pájara, o estoy alegre y bien dispuesto, necesito una pájara, y el je jé con que yo le había contestado quería decir te voy a matar, te voy a despedazar, necesito tus plumas, por poner un ejemplo, o necesito tus vísceras.

Nadie, como era previsible, me contestó. Imaginé al pájaro jejé oculto en alguna rama, observándome con una sonrisa sardónica en el pico, una sonrisa de cómico viejo de donde colgaban, como gusanos, las palabras engaño y sangre. Al otro lado de la plaza la avenida se bifurcaba en dos amplias calles. Mentalmente le pedí disculpas al pájaro por la broma que le acababa de gastar y encaminé mis pasos por la calle de la derecha, que estaba tal vez más iluminada que la de la izquierda.

Al principio la calle era de bajada, pero al cabo de poco se estabilizó. Las casas eran grandes y todas tenían jardín y garaje, aunque algunos coches de último modelo estaban estacionados junto al bordillo de la acera. Olía a plantas recién regadas. El césped de los jardines aparecía pulcramente cortado, al contrario de lo que sucedía, por ejemplo, en el parque De Gaulle. Cada pocos metros había una farola del alumbrado público y por si esa luz no fuera suficiente, en los porches de casi todas las casas había una lamparilla encendida en donde se congregaban los mosquitos y las polillas. A través de algunas ventanas, no muchas, pude distinguir la presencia de gente que alargaba la sobremesa conversando o viendo los últimos programas de la tele, aunque la impresión general era de que la mayoría de los residentes de aquella calle ya dormía.

Apresuré el paso. En la acera de enfrente, junto a una farola y a un pino enorme, vi una cabina telefónica. Recuerdo que me pareció extraño, por no decir falaz, el hecho de que aquella cabina estuviera en aquel barrio, en donde toda la gente seguramente tenía teléfono en sus casas. El teléfono público más cercano a la mía, por ejemplo, estaba a más de tres cuadras y la mayor parte del tiempo no funcionaba, así que cuando mi madre o yo teníamos que telefonear debíamos desplazarnos por lo menos seis cuadras, hasta el siguiente teléfono, que estaba en la calle del Velódromo, junto a los puestos de mariscos. En ese momento, mientras me aproximaba a él por la acera de enfrente, el teléfono sonó.

Reduje el paso, pero no me detuve. Oí con claridad la primera llamada, luego la segunda. Imaginé que de la espesura de uno de los jardines saldría corriendo un muchacho o una muchacha y contestaría. La tercera llamada me hizo temblar, luego oí la cuarta y la quinta y me detuve. Por un instante pensé que el ruido iba a despertar a todos los vecinos, quienes me verían caminando por su calle, un extraño al que probablemente tomarían por un ladrón. El teléfono sonó por sexta vez, luego oí la séptima llamada y crucé la calle corriendo. Al llegar al otro lado me detuve y pensé que ya no iba a sonar más, pero oí, magnificada, la octava llamada y la novena. Antes de que sonara por décima vez me deslicé en el interior de la cabina y descolgué el fono.

—¿Con quién hablo? —dijo una voz cuyo acento no era de ningún país de la Guayana del Sur ni de la Guayana del centro ni mucho menos de la Guayana del norte.

—Conmigo —dije de forma bastante estúpida.

—Ah, muy bien, muy bien. ¿Y usted cómo se llama? —La voz tampoco tenía acento francés. Hablábamos en francés, naturalmente, pero no parecía un nativo de Francia. Digamos que parecía la voz de un polaco hablando en francés o la voz de un serbio hablando en francés.

—Diodoro Pilon.

—¿Como Diodoro de Sicilia? Bonito nombre, muy original —dijo la voz—. Espere un momento, que lo voy a escribir. —Oí una especie de risa. Supuse que se trataba de una broma—. Bien, Diodoro, si no me equivoco, usted es joven y es poeta, ¿no es así?

—Pues sí.

—Dígame su edad, si no le molesta.

—Diecisiete años.

—¿Ha publicado algún libro de poesía? ¿Ha publicado poemas sueltos en alguna revista literaria? ¿Ha publicado en periódicos, hojas sueltas, diarios murales, suplementos, hojas parroquiales?

—Pues la verdad es que no. Nunca he publicado ningún poema mío.

—¿Tiene algún libro en imprenta? ¿Piensa publicar algo, cualquier cosa, dentro de poco?

—No.

—Bien, bien. Espere un momento, Diodoro, no cuelgue...

Oí crujidos. Como si alguien hubiera roto una delgada plancha de madera de un solo golpe. Oí interferencias. Blasfemias y reniegos apagados. Luego silencio. Afuera de la cabina, en la calle, todo parecía normal. Imaginé a esa gente y a sus hijos durmiendo. Imaginé a las jóvenes que vivían en esa calle que yo desconocía. Las vi salir por la mañana rumbo a sus colegios o a la universidad, vestidas con minifaldas o con uniformes prestigiosos. Pensé en mi madre, que me estaba esperando en Las Caletas.

—¿Tiene usted idea, Diodoro, de quién soy yo? —dijo de pronto la voz.

—No.

—¿Ni la más mínima idea?

—Tal vez se trata de una broma —aventuré.

—Frío, frío. No es una broma. ¿De verdad no tiene ni la más mínima idea de por qué lo hemos llamado?

—En realidad, a mí no me han llamado. Yo sólo pasaba por aquí y me he limitado a contestar el teléfono.

—No, Diodoro. Era a usted a quien llamábamos. Sabíamos que si pasaba cerca de un teléfono público que *sonara,* usted lo contestaría. Por supuesto, hemos llamado a muchos teléfonos públicos. Todos los que estaban en las cuatro o cinco rutas que usted podía seguir esta noche.

—Es la primera vez que paso por esta calle.

—Se llama calle del Olmo. Aunque no creo que haya ningún olmo.

—Sí, sólo hay pinos.

—Pero es una calle bonita. En fin. Le vuelvo a hacer la misma pregunta. ¿Tiene idea de quiénes somos?

—No —confesé.

—¿Le interesa saberlo? ¿Quiere oír nuestra propuesta?

—Me muero de ganas —dije.

—Pertenecemos... No, pertenecer es una palabra poco apropiada, puesto que nosotros no pertenecemos a nadie ni a nada... En verdad sólo nos pertenecemos a nosotros mismos. Y a veces, Diodoro, ni eso está claro. ¿Le resulto un pelín moralista? —dijo tras reflexionar un momento.

—En modo alguno. Comparto plenamente todo lo que ha dicho. El hombre sólo se pertenece a sí mismo.

—Bueno, no es *exactamente* así, pero por ahí va. Creo que nos hemos liado un poco.

—Iba usted a decirme el nombre de su organización —lo ayudé.

—Ah, sí. Somos el Grupo Surrealista Clandestino.

—El Grupo Surrealista Clandestino.

—O el Grupo Surrealista en la Clandestinidad. El GSC, para abreviar.

—¿Usted pertenece al GSC? —grité entusiasmado.

—Digamos que *milito* en el GSC. ¿Ha oído hablar alguna vez de nosotros?

—La verdad es que no.

—Muy poca gente ha oído hablar de nosotros, Diodoro, en eso consiste una parte de nuestra estrategia. ¿Del surrealismo sí que ha oído hablar, verdad?

—Por supuesto. Nuestro mentor, Roger Bolamba, fue amigo del gran poeta de la Guayana del Sur, Régis Saint-Clair, de quien Breton dijo: «Su caballo es la noche».

—¿En serio?

—Completamente.

—Espere un momento, Diodoro, no cuelgue.

Oí blasfemar a alguien en una lengua que ciertamente no era la francesa. Sin duda se trataba de una lengua eslava o balcánica.

—Régis Saint-Clair... Saint-Clair, Saint-Clair, Saint-Clair... Ya lo tengo. Poeta del sur de la Guayana, miembro del grupo surrealista desde 1946 a 1950. Nace en Punta Tiburones, pasa una larga temporada en África. Autor de una veintena de libros donde se celebra la negritud, la comida criolla, el paisaje mental del exilio... El paisaje mental del exilio, me gustaría saber quién escribió esto... Al final de su carrera regresa a su país, en donde dirige la Biblioteca Nacional... Muere de muerte natural en su casa de Punta Tiburones. ¿Es éste?

—Sí, señor. Régis Saint-Clair.

—¿Y dice usted que fue amigo de su *mentor*, un tal Bolamba?

—Roger Bolamba. Fueron uña y mugre. Disculpe la expresión.

—Entierre a los mentores, Diodoro, creo que a los diecisiete años ya es llegado el momento de hacerlo.

—Lo pensaré, señor —dije, no sé por qué razón, entusiasmadísimo.

—Volvamos a lo nuestro. Decía que sí conocía el surrealismo, ¿no es así?

—Los mejores poetas del mundo —afirmé con convicción.

—No sólo poetas, Diodoro, también pintores y cineastas.

—Me encanta Buñuel.

—Pero sobre todo revolucionarios, Diodoro. Preste atención. Hay profetas, videntes, magos, hechiceros, nigromantes, médiums. Pero en realidad son sólo disfraces. En ocasiones disfraces dignos y en ocasiones disfraces chambones. Sólo disfraces, ¿me entiende?

—Lo entiendo —dije no muy seguro.

—¿Y qué ocultan esos disfraces? Ocultan a revolucionarios. Porque se trata de eso, ¿lo entiende?

—Sí —dije—. Los revolucionarios se ocultan para hacer la revolución.

—No —dijo la voz—. La revolución se hace a cara descubierta. Los revolucionarios se ocultan para *preparar* la revolución.

—Comprendo.

—Y el Grupo Surrealista Clandestino, grosso modo, es eso. Un grupo surrealista del que nadie tiene noticia. Nos falta publicidad —dijo y se puso a reír. No reía como francés sino como polaco o ruso que llevara mucho tiempo viviendo en París—. Y eso explica esta especie de proselitismo, aunque la palabra exacta no es ésa, esta especie de *selección*, digamos, que hacemos mediante llamadas telefónicas.

—¿Y por qué no se encarga de la selección el surrealismo... oficial? —sugerí.

—El surrealismo oficial es una casa de putas, Diodoro, si yo le contara. Desde que murió Breton no hay quien soporte a esa gente. Hay, no se equivoque, personas valiosas, sobre todo algunas viudas, las viudas surrealistas suelen ser excepcionales, pero la inmensa mayoría son unos inútiles de cuidado. Si en mis manos estuviera, los colgaría a todos de las farolas de los Campos Elíseos.

—Estoy de acuerdo con usted —dije.

—De hecho —dijo la voz adoptando un tono soñador—, el surrealismo oficial, salvo las honrosas excepciones de siempre, desconoce la existencia del GSC. Para que se haga usted una idea, es como si en una habitación viviera una persona de carne y hueso, como usted o como yo, y también viviera, aunque no sé si el término vivir es el apropiado, un fantasma. Ambos comparten el mismo escenario o paisaje. Pero no se ven. En fin. Es triste. Al principio, por supuesto, no era así. Los surrealistas y los surrealistas clandestinos se conocían, en ocasiones eran *amigos,* hubo algunos que jugaron en los dos equipos, digamos que de día eran surrealistas y de noche eran surrealistas clandestinos. Se hacían chistes privados, el ambiente era distendido. Incluso Breton, en una entrevista hoy afortunadamente olvidada, desveló parte del proyecto. Dijo que tal vez, tal vez, tal vez, ya iba siendo hora de que el surrealismo volviera a las catacumbas. Tal vez, tal vez, tal vez. Menos mal que nadie se lo tomó en serio. ¿De qué estábamos hablando?

—De la selección telefónica, creo.

—Es nuestra manera de reclutar gente. Podemos llamar a cualquier parte del mundo. Tenemos un método para engañar a las compañías telefónicas y no gastar dinero en las llamadas. Hay asociados al GSC que son unos ases de la tecnología, Diodoro, y esto no ha hecho más que empezar. Y luego marcamos el teléfono con unos dibujos y lo dejamos libre para que lo utilicen los emigrantes que quieren comunicarse con sus familiares en Senegal o en la Pequeña Guayana. Nosotros ya no volvemos a utilizar ese teléfono. Tomamos nuestras medidas de seguridad. Como si fuéramos guerrilleros urbanos de São Paulo, para que se haga una idea.

—Creo que a los guerrilleros urbanos de São Paulo los están matando a una velocidad de vértigo —dije.

—A nosotros, en cambio, lo que nos mata es el calor en verano y el frío en invierno. Y a veces el aburrimiento, porque nos hacemos viejos, y el aburrimiento es uno de los achaques de la vejez. Le voy a contar una historia, Diodoro, preste atención. A finales de la década del cincuenta o a principios de la del sesenta, André Breton citó en su casa a cinco jóvenes surrealistas. Cuatro de esos jóvenes acababan de llegar a París. El quinto era parisino y bastante introvertido. Es decir, tenía pocos o ningún amigo. Los jóvenes llegaron a la casa de Breton. Había un ruso, un italiano, un alemán y un español. Todos, por supuesto, hablaban francés. De hecho, el alemán hablaba un francés mejor que el joven francés, que además de introvertido era tartamudo y disléxico. Bien. Ahí están esos cinco jóvenes, el mayor de veintidós años, el menor de dieciocho, en la casa de Breton, un poco sorprendidos pues en la casa no están la mujer de Breton ni su hija, ni ninguno de los surrealistas famosos, o que para *ellos,* jóvenes y entusiastas, son famosos, tal vez por haber publicado un poema en alguna revista hoy recordada sólo por bibliófilos o un poemario dizque surrealista hoy caído en el más absoluto de los olvidos, ya sabe, la corte de mediocres a la que un rey debe resignarse.

—Pero Breton no era un rey —protesté.

—No, en efecto, no lo era. Un canciller, entonces. O el ministro de Asuntos Exteriores, ¿qué le parece?

—Bien —dije.

—Preste atención. Allí están esos cinco jóvenes y de pronto aparece Breton. Los saluda a cada uno por su nombre. Da la impresión de conocerlos muy bien. Les hace preguntas. Asiente. Los jóvenes son tal y como él se había imaginado. Pasan la tarde juntos. Luego salen a comer. Deambulan por las calles de París. Un París que se muere, Diodoro, un París cuyo cetro brilla al otro lado del océano, en Nueva York. Sin embargo ellos caminan por las calles de París y hablan de *todo.* En las palabras de Breton los jóvenes perciben la urgencia, el fulgor de un plan que aún no les ha sido revelado. Finalmente se meten en un café, un café cualquiera, en donde Breton les pregunta si serían capaces de bajar a las alcantarillas y de vivir allí durante diez años. Los jóvenes creen que Breton habla en sentido figurado. Éste repite su pregunta. Los jóvenes contestan con otras preguntas. ¿Qué clase de alcantarillas? ¿Las alcantarillas de París? ¿Las alcantarillas de la mente? ¿Las alcantarillas del arte? Breton no contesta. Beben. Hablan de otras cosas. Luego pagan y salen a la calle. Nuevamente se pierden en el trazado de un viejo barrio bullicioso. De pronto, en un callejón lleno de pintadas de grupúsculos políticos, Breton señala una puerta de madera y entran a un cuarto. Parece el almacén de un fabricante de juguetes. El cuarto tiene una puerta que lo comunica con otro cuarto, que a su vez tiene una puerta que lo comunica con otro cuarto. Y así sucesivamente. Hasta útiles de pesca ven los jóvenes durante la singladura. Breton tiene un manojo de llaves con las que va abriendo todas las puertas. Finalmente llegan al último cuarto. Aquí no hay más puerta que la puerta por la que han entrado. Pero entonces Breton los lleva a un rincón y abre una puerta en el *suelo*. Bajan. Primero Breton, que coge una linterna que está colgada junto a los primeros escalones, y después los cinco jóvenes. Llegan a una sala octogonal. Escuchan, sorprendidos, el ruido del agua, que les confirma que están dentro del sistema de alcantarillado de París. En las paredes de la sala alguien, un pintor o un niño mongólico, ha dibujado con tiza unas figuras que la humedad desdibuja. Breton les vuelve a preguntar si están dispuestos a vivir en las alcantarillas durante diez años. Los jóvenes lo escuchan mirándolo a los ojos y luego vuelven a observar los dibujos con tiza. Todos dicen que sí. Vuelven a salir. Breton encabeza la marcha. Cuando llegan al primer cuarto, o al último, depende, el que parece el almacén de un juguetero, saca de un cajón cuatro juegos de llaves que entrega a cuatro de los jóvenes. Al quinto le hace entrega de su propio juego. Luego les da la mano a cada uno y les dice adiós. Los jóvenes se quedan solos. Durante unos segundos permanecen inmóviles, mirándose los unos a los otros. Luego el ruso cierra la puerta con llave y vuelven a la alcantarilla.

De golpe el hombre que hablaba al otro lado del teléfono, el hombre que llamaba desde París, se quedó en silencio, como si relatar esa escena (o tal vez recordarla) lo hubiera agotado. Oí su respiración. Creí que sufría algún tipo de ataque de asma o de corazón.

—¿Se siente usted bien? —dije.

—Perfectamente bien... Perfectamente bien...

Luego tosió o expectoró ruidosamente y volvió a quedarse en silencio. Al cabo de unos segundos se puso a tararear una canción de moda en Francia y que aún no había llegado a la Guayana, en donde antes arriban los productos musicales de Estados Unidos que los de Francia o los de Italia o los de Alemania, si es que en esos países se hace música.

—¿En dónde estábamos? —dijo de repente.

—En los jóvenes que deciden quedarse en las alcantarillas.

—Bien. Preste atención. Esos jóvenes se quedan en las alcantarillas y fundan el núcleo del Grupo Surrealista Clandestino. Por supuesto, pueden salir cuando lo deseen. ¿Le dije que cada uno posee un juego de llaves que les permite irse en cualquier momento?

—Sí.

—Es decir, no son prisioneros. Entre ellos no hay ningún jefe. Esto lo comprenden en el acto. Ni siquiera Breton, que antes de irse se ha desprendido de su *propio* juego de llaves. Pueden salir, pueden volver a sus *chambres de bonne,* pueden coger un tren y perderse para siempre en las estaciones de Europa. De hecho, algunas noches salen. Son jóvenes. Son, más o menos, vigorosos. Tienen sus necesidades que no pueden satisfacer dentro del alcantarillado. En ocasiones acuden a la tertulia de los surrealistas y estrechan la mano de Breton, el cual es cordial con ellos, atento como siempre, pero con el que *jamás* hablan del GSC. Breton los ve, pero no los ve. Breton los recuerda, pero no los recuerda. Conocen a gente, claro. Conocen a Nora Mitrani, que los ve pero no los ve. Conocen a Alain Jouffroy, que los ve pero no los ve. Hablan con Joyce Mansour. Joyce Mansour los ve pero no los ve. Ni falta que le hace. Bueno, folla con uno de ellos. No tiene usted ni la más remota idea, Diodoro, de lo hermosa que era Joyce Mansour. Hablan, a veces son amigos, de José Pierre, de Roberto Matta, de Jean Schuster, en fin, llevan una vida social, van al cine, se apuntan en un gimnasio para aprender box, se acuestan con chicas, uno de ellos se acuesta con chicos, a veces, en verano, se van de vacaciones al Adriático o a los fiordos noruegos. No se lleve una falsa impresión: no realizan sus actividades en grupo, de eso nada, cada uno tiene su propio juego de llaves, salen solos, en ocasiones pueden pasar *meses* sin que se vean entre sí, pues las alcantarillas son tan grandes como París, una París al revés, sólo que en esta París particular no hay ciudadanos sino los despojos de estos ciudadanos, sus aguas fecales, su orina, sus lágrimas, su sudor, su semen, sus vómitos, sus fetos, su sangre, es decir, la *sombra* de estos ciudadanos, la sombra pertinaz, podríamos añadir, y nuestros cinco jóvenes sólo corren el riesgo, un riesgo mínimo, por otra parte, de encontrar en sus investigaciones a un grupo de empleados municipales, a inspectores de alcantarilla, a desatascadores que regularmente se sumergen en la ciudad laberíntica y a quienes es muy fácil detectar, pues los desatascadores tienen miedo a los gases de metano que se acumulan en las galerías sin salida, y toman grandes precauciones. Sus gritos, Diodoro, se oyen a cuatro kilómetros de distancia. Los gritos de los desatascadores. Su risa, sus bromas, su prisa por terminar el trabajo y salir pitando de allí. Nuestros jóvenes, por el contrario, carecen de toda prisa. Saben que el trabajo no lo verán finalizado. Por eso en verano, sin decir ni pío, se dan el piro. Hay, sin embargo, una regla que ellos se obligan a cumplir aunque no siempre han cumplido. Como en los hospitales, siempre se queda uno de guardia. Cuatro se van, uno se queda. No pasa nada. El que se queda sigue trabajando. Los que se van, de alguna manera, también. Y así el trabajo, el proyecto, va tomando forma, se va diversificando, crece, aunque no de forma lineal. Es como una novela, para que usted me entienda, que no empieza por el principio. De hecho, Diodoro, es una novela que, como toda novela, por otra parte, no empieza en la novela, en el objeto libro que la contiene, ¿lo entiende? Sus primeras páginas están en otro libro, o en un callejón donde se ha cometido un crimen, o en un pájaro que observa a un grupo de niños que juegan y que no lo ven a él.

—Claro como el agua —dije.

—Por lo que nuestros jóvenes descubren que pueden ausentarse de las alcantarillas todo el tiempo que lo deseen. El trabajo siempre va con ellos. Pueden hacer turismo, pueden ir a Grecia o a Filipinas, pueden pasarse semanas bogando por el Amazonas, qué placer, bogar por el Amazonas, con los ojos entrecerrados, mientras la vida suspira y rechina a su paso, dormir en hamacas y escuchar a las mujeres hablar con las niñas en portugués. De hecho, Diodoro, preste atención, los cinco jóvenes no tardan en descubrir que no es necesario *vivir* en las alcantarillas de París. Con ir un día cada mes sería suficiente. Sin embargo, la red del alcantarillado se ha convertido para ellos en una metáfora bien provista. Tienen allí sus talleres, sus salas de estudio, sus bibliotecas. Hablan, naturalmente, de la posibilidad de marcharse. Cada uno propone un lugar distinto. Pero finalmente se quedan. Ay, ay, ay, finalmente se quedan.

Durante un rato no oí nada. Tuve la impresión de que el hombre que estaba al otro lado de la línea se había puesto a llorar o de que estaba soltando un suspiro detrás de otro.

—¿De dónde cree usted que sacan el dinero que les permite llevar esta vida de pachás y de mendigos? —dijo de pronto, con renovado vigor.

—No lo sé —admití.

—Esta misma pregunta se la hicieron ellos en su momento. Porque disponen de dinero, se lo aseguro. Una vez al mes, en uno de los cuartos por los que se accede a su guarida, encuentran un sobre con una cantidad nada despreciable que dividen entre los cinco. Al principio, lo más lógico, porque la lógica, Diodoro, es como un manicomio, es pensar que Breton los financia. El trabajo en el que están inmersos es absorbente y pronto olvidan la cuestión. Lo único cierto es que tienen dinero de sobra para vivir y para darse algunos lujos asiáticos, aunque dos de ellos, a estas alturas de la historia, viven prácticamente como *clochards*. Pero en 1966 muere Breton y durante los primeros meses ellos especulan con la posibilidad de que la subvención toque a su fin. El dinero, sin embargo, sigue llegando puntualmente. Así que se vuelven a replantear el problema. ¿Quién paga? ¿Quién financia? ¿A quién le interesa que su trabajo no se interrumpa? Piensan, como no podía ser menos, en la CIA, en el KGB, en el Ministerio de Cultura de Francia. Tras examinar estas posibilidades, no tardan en eliminarlas por fantasiosas. Ellos están *claramente* en contra del KGB y de la CIA. Sobre la posibilidad de que se hubiera vuelto loco el ministro de Cultura especulan durante varias noches, en las sobremesas, mientras fuman y beben coñac o whisky. Hágase una idea: estos jóvenes se pasan el día solos, sin verse, trabajando en las avenidas y calles misteriosas de las alcantarillas, y al caer la noche encienden sus linternas y se encaminan, tal vez silbando, a la primera sala que vieron, la sala que les mostró Breton. Allí se duchan, o no, se cambian de ropa, o no, y se sientan a la mesa. Uno de ellos funge como cocinero. Por lo general es el francés, el italiano o el español. A veces, muy raramente, el ruso. Nunca el alemán. Además, no es algo que hagan cada noche. Sólo cuando tienen que discutir un tema urgente, identificar una pesadilla, por ejemplo, o encontrar la única pieza que falta de un rompecabezas. Alguien los financia. Ese alguien no es Breton, puesto que ya murió. Tampoco es una agencia de espionaje norteamericana o soviética. Alguien, no obstante, está al tanto de su secreto y posee un juego de llaves, puesto que el dinero no lo encuentran debajo de la puerta del taller de juguetes sino en un cuarto del interior, para acceder al cual es necesario previamente haber franqueado dos o tres puertas cerradas con llave. Durante días le dan vueltas al asunto. Acechan al visitante, le tienden trampas, lo esperan ocultos dentro de un armario. Pero el socio capitalista, que parece poseer un olfato especial para detectar su proximidad, no cae en ninguna trampa. Construyen un curioso sistema de espejos mediante el cual imaginan que obtendrán su imagen y que consiste, básicamente, en hacer pasar un reflejo, de un espejo a otro, por el ojo de una cerradura. Finalmente, cuando todo ha fallado, se dan cuenta, al ver una película de detectives, que la solución es tan sencilla como instalar en un lugar discreto una cámara de cine. Y obtienen un resultado satisfactorio, Diodoro.

—¿Y cuál es ese resultado? ¿Quién les lleva el dinero? —dije.

—Una mujer. Una señora mayor. La película no es nítida. Después de revelarla sólo ven una puerta que se abre y una mujer vestida de negro, la cara cubierta con un velo de seda, que da dos pasitos y saca un sobre de un bolso. Luego la mujer retrocede y ya está. Al mes siguiente instalan dos cámaras. La misma escena, pero más larga y con una diferencia fundamental. La mujer que entra va vestida de negro, la cara cubierta con un velo, pero no se trata de la mujer del mes pasado. Es *otra*. Más baja, tal vez, más voluminosa, menos veloz. De golpe, nuestros cinco jóvenes intuyen que todo, incluidas las financieras, es parte del mismo proyecto. Siguen filmando. La mujer que aparece el tercer mes es altísima, lleva pantalones negros y suéter negro de cuello alto. No usa sombrero sino boina. No cubre su cara con un velo sino con un pañuelo de raso negro. La mujer del cuarto mes es una ancianita que apenas se tiene en pie, aunque su porte denota gran voluntad y cierto estilo, digamos los carbones humeantes de un estilo. Su vestido es negro, su rostro está cubierto por un tul negro, sus muñecas, apergaminadas, exhiben pulseras de valor incalculable. La mujer del quinto mes, por el contrario, es joven, aunque en sus anda-res, que los jóvenes ven una y otra vez, como niños hechizados por una película del Oeste, se percibe la experiencia del amor y tal vez la experiencia del cri-men. Esta mujer no lleva velo sino gafas oscuras y su mirada se adivina, gracias a las gafas, precisamente, de una gelidez mortal. Su mirada, podríamos aña-dir, son sus pómulos y sus labios. La mujer del sexto mes también lleva gafas negras y el resto de su rostro y su cabeza están cubiertos por un turbante. Es alta y sus movimientos son precisos aunque tienen un no sé qué de tímido. Al depositar el sobre con el dinero los jóvenes observan sus manos y se dan cuenta de que es negra. La mujer del séptimo mes llega can-tando. Sólo interrumpe su cantinela para llevarse un pañuelo a la nariz y sonarse los mocos. El velo en-tonces se le ladea y ella se lo acomoda con la torpeza de un borracho. Su vestido negro está arrugado y su sombrero parece de papel. No es improbable que haya dormido vestida durante la noche pasada. Sus ojos, que el velo no puede cubrir, brillan con determinación. La determinación de quien se abre paso a puñetazos y arañazos a través de un largo corredor de sueños. Y así hasta que transcurre un año. Luego se repite la aparición de la primera mujer, y después la segunda y la tercera, y así consecutivamente. Entonces los jóvenes deciden seguirlas. El proyecto de persecución es complicado y consiste en ir dejando un rastro de migas de pan o piedritas, sólo que las migas de pan o las piedritas no las pueden dejar caer ellos, pues estas mujeres parecen poseer un sexto sentido que las alerta de su proximidad, sino ellas mismas. Al cabo de un tiempo tanto ajetreo da su fruto. Las tres mujeres a las que han seguido resultan ser tres viudas de surrealistas. Dos de ellas son viudas de pintores cuyas obras se cotizan al alza en el mercado internacional. La tercera es viuda de un poeta dueño de una gran fortuna familiar. Cuando siguen a la cuarta, resulta que también ésta es viuda de un pintor. A las otras las encuentran con un sistema mucho más sencillo: simplemente rastrean a los surrealistas que dejaron mucho dinero al morir, y luego van en busca de sus viudas. El siguiente paso sería presentarse en casa de una de estas viudas e interrogarla sobre las razones que las llevan a sufragar sus gastos, pero este paso deciden no darlo, pues de alguna manera sienten que no ha llegado el momento. Una vez resuelto este problema ellos vuelven a sumergirse en su trabajo. En su obra magna. ¿Sabe usted en qué consiste esta obra *magna*, Diodoro?

—Tengo una vaga idea, señor. ¿Preparar la revolución? ¿Sentar las bases de la literatura del futuro?

—Hacer estas preguntas, en aquel momento, me pareció lo más adecuado. No quería quedar como un tonto. No quería que aquel hombre que me llamaba desde París decidiera de golpe que yo no era un aspirante válido y me colgara el teléfono.

—Frío, frío, pero al mismo tiempo caliente, caliente.

La voz pareció alejarse de mí, como si de golpe entre mi interlocutor y yo empezaran a cerrarse puertas, una detrás de otra, impulsadas por un viento huracanado que no sólo lo empequeñecía a él sino que también empequeñecía, literalmente, mi buen oído, por lo que me llevé una mano a la oreja que tenía pegada en el teléfono y me la palpé: su tamaño seguía siendo el mismo, sólo que estaba mucho más caliente de lo normal.

—Le hablaré de la obra magna y de lo que esperamos que haga usted en el Grupo Surrealista Clandestino cuando ya esté con nosotros.

—¿Y cuándo será eso? —gemí.

La voz de mi interlocutor carraspeó. Lo oí escupir. Lo imaginé en una galería subterránea, hablando a través de un teléfono pirata, con la vista fija en el río que bajaba por la galería en dirección a una depuradora enorme, semejante a un molino de aspas plateadas.

—Dentro de tres meses. Lo esperamos exactamente el día 28 de julio, a las ocho de la noche, en la rue de la Réunion, junto al cementerio de Père-Lachaise. ¿Tiene papel y lápiz?

—Tengo un bolígrafo —dije.

—Pues anote. 28 de julio. A las ocho de la noche. Rue de la Réunion, junto al cementerio de Père-Lachaise. Si algo fallara, diríjase a la rue du Louvre. Camine entre la rue Saint-Honoré y la rue d'Aboukir. Un jorobadito se le acercará y le preguntará por La Promenade de Vénus. ¿Sabe usted qué es La Promenade de Vénus?

—No.

—Es un café. Bien. Preste atención. Un jorobadito se le acercará y le preguntará dónde queda La Promenade de Vénus. Usted no le dirá nada, se llevará un dedo a la cabeza y se la tocará, como indicándole que la dirección del café es una cuestión mental. ¿Ha entendido? ¿Lo ha anotado todo?

—Sí.

—Bien, Diodoro Pilon, esto es todo por ahora.

—¿Pero cómo lo hago para llegar a París? —dije.

—En avión o en barco, naturalmente.

—No tengo dinero —casi grité.

Durante unos segundos no oí nada. Pensé que mi grito, demasiado agudo, podía haber sido interpretado como una descortesía.

—¿Está usted ahí todavía, señor? —pregunté.

—Estoy pensando, Diodoro, y no se me ocurre nada. No podemos enviarle el pasaje desde aquí. Tampoco podemos enviarle el dinero. Va contra nuestras medidas de seguridad. Tiene que ser usted quien se encargue de conseguirlo. Cuando se halle en París podemos ocuparnos nosotros del asunto monetario, pero el viaje se lo ha de pagar usted mismo.

—No se preocupe, señor, el 28 de julio estaré en el cementerio de Père-Lachaise —dije un poco más repuesto y sin tener ni la más remota idea de dónde iba a sacar el dinero para el pasaje.

—No en el cementerio, Diodoro, en la rue de la Réunion, en la rue de la Réunion, mierda, métaselo en la cabeza.

—En la rue de la Réunion, no hay problema.

—Bien, que tenga usted suerte en la vida, adiós. Y colgó.

Me quedé quieto, sin saber si ponerme a reír o a pellizcarme, con el teléfono en la mano, mientras a mi alrededor empezaba a amanecer. La luz que entraba por los cristales de la cabina telefónica tenía una palidez titubeante y en ella se conjugaba el color verde de las colinas y el color perla del mar a primeras horas de la mañana. Durante un rato me sentí como en el interior de un submarino transparente. Un pequeño submarino que había descendido hasta las profundidades de una fosa marina y ahora, nuevamente en la superficie, temía abrir la puerta y alejarme de allí.

De una de las casas del barrio salió un hombre. Iba vestido con un traje claro y llevaba la americana en una mano, con un gesto despreocupado pero a la vez meticuloso, y un maletín de cuero en la otra. Vestía una camisa blanca de manga corta. Sus brazos eran largos y fuertes, como los de un nadador profesional. Tal vez era un profesor universitario o un funcionario del gobierno. Me miró como si intentara reconocerme y luego se metió en su coche y lo puso en marcha. Al pasar junto a la cabina volvió a mirarme fijamente y yo le devolví la mirada. Cuando el coche se alejó salí de la cabina y me puse a caminar rumbo a Las Caletas. A esa hora ya no iba a encontrar a mi pobre madre pero tenía ganas de dar un paseo antes de regresar a casa.

Mientras bajaba, en el barrio del Viejo Hospital, vi a un tipo al que conocía de vista, un negro grande de nariz ganchuda, al que a veces había visto tocando la guitarra en algunos bares del puerto o en el parque De Gaulle, encerrado en una cabina telefónica, escuchando sin decir nada y sudando a mares.

En la playa estaban cerrados todos los estaderos. La arena, que más entrado el día era amarilla, ahora parecía cubierta por una sábana blanca o, dependía de las zonas, por un sudario de ceniza. Me encontré a un borracho al que mi madre a veces regalaba platos de pescado frito, que acababa de despertar.

—Joven Pilon, ¿qué haces levantado a estas horas? —me preguntó.

—Aún no me he acostado, Aquiles —le dije.

Me senté junto a él en el contramuro del paseo y durante un rato estuve oyendo sus historias. Me contó que un gato, la noche pasada, mientras yo hablaba por teléfono con París, se había vuelto loco y lo habían tenido que matar a balazos. Dijo que lo del eclipse era una exageración y que la gente se dejaba impresionar por cualquier cosa. En su opinión, cada día sucedían hechos veraces y portentosos en el cielo, pero para un hombre, dijo, lo importante era tener a una buena mujer a su lado. De todo lo demás se podía prescindir, menos de eso. Mientras hablábamos, por el otro extremo de la avenida, vi aparecer tres figuras que caminaban tambaleantes. Me figuré que eran borrachos, tal vez amigos de Aquiles, que buscaban una cama o un hospital. Al acercarse me di cuenta de que se trataba del tipo elegante que había bailado en el bar La Vecindad del Sol, durante el eclipse, acompañado por las dos mujeres. El tipo elegante ya no parecía tan elegante como antes, tenía el traje descosido por varios lugares y había perdido la corbata. Más o menos en idéntica situación se hallaban los vestidos de la mujer mayor. Sólo la muchacha parecía haber pasado la noche en paz. Al llegar junto a nosotros esta última nos preguntó si sabíamos la dirección de una pensión barata donde pudieran ser acogidos. Aquiles los miró inquisitivo y luego le preguntó a la muchacha qué les pasaba a los otros dos.

—Se han quedado ciegos —dijo ella.

—¿Y eso cómo ha sido? —dijo Aquiles.

—Miraron demasiado tiempo el sol negro —dijo ella.

—¿El sol negro?

—El eclipse —dije yo.

—Ah, entonces es natural —dijo Aquiles y le dio a la muchacha una dirección en la avenida Kennedy, un lugar en donde las pensiones y los hostales baratos se amontonaban uno al lado del otro—. No te olvides de decirle a la dueña que te manda Aquiles —le dijo a modo de despedida.

Apuntes de Roberto Bolaño
para la escritura de
Sepulcros de vaqueros

Para cada uno de sus proyectos literarios, Roberto Bolaño anotó en libretas personales las ideas, los datos que le servían de documentación, el perfil de los personajes o las escenas que pensaba desarrollar en el manuscrito final y que tachaba en cuanto las incorporaba a él. Listas de nombres, dibujos —que en ocasiones parecen hechos distraídamente durante el proceso creativo pero en otras están relacionados con la estructura o el argumento—, frases que acabaron formando parte de sus obras, juegos de palabras llenos de humor, esquemas y mapas conviven en los cuadernos con reflexiones sobre la vida cultural del momento, nombres, direcciones y teléfonos tomados al vuelo, índices de futuros libros, poemas, ideas sobre títulos y cálculos minuciosos sobre la extensión del manuscrito que tenía entre manos. Las anotaciones son muy detalladas y nos muestran cómo era el proceso de escritura de uno de los más importantes escritores contemporáneos en español: el intenso y meditado trabajo de construcción de una arquitectura narrativa que llevaba a cabo en cada una de sus obras.

El Archivo Bolaño custodia, además de todas las libretas del autor y los manuscritos originales, un ejemplar de todas aquellas publicaciones en las que aparecieron a lo largo de los años algunos textos de Roberto Bolaño.

①

La historia que voy a contarles empezó hace mucho mucho tiempo, y puede que mi visión de la realidad no sea
~~no esté~~ del todo ajustada, o que ~~la~~ memoria me
falle en algunas cosas: Recuerdo rostros, árboles, nombres, pero la cronología se me confunde, ~~la confusas~~
a mí mismo leyendo un libro de ~~Sherlock Hol~~
~~mes pero no recuerdo~~ ni ~~Historia~~ puntisteros cortos
y estaba en el patio de la casa de su madre
o si aquella lectura ocurrió hace pocos años,
lo cual, por otra parte, no tiene la menor importancia, puesto que mi historia es una historia
de amor y de orígenes, y el amor (y en las cárceas)
el tiempo carecen de importancia.

Todo comenzó hace 17 años, un 11 de septbre
de 1973, a las siete de la mañana en las bibliotecas
una noche sin borrón, en una de las fiestas
de Antonio Narváez, ginecólogo y mecenas de las
Bellas Artes, que de tanto en tanto obsequiaba a
sus amigos con salones salvajes en donde se can-
taba y se bebía hasta la madrugada.
(Era la primera vez que estaba en la casa de
Narváez (no recuerdo quién me invitó)

En esta página y en la siguiente, borradores manuscritos de uno de los capítulos de «Patria»
con numerosos cambios y modificaciones entre ambas versiones.
Archivador n.º 4 (Originales). Id. 17. Carpeta beige.

de hace mil años

Todo empezó el 11 de septiembre de 1973, a las siete de la
mañana, después de una noche en vela, en el salón biblioteca de la casa de Los Ángeles Antonio Narváez, ginecólogo de reconocido prestigio y en sus ratos libres, amante equívoco de
las Bellas Artes. ¡Habían unos veinte personas, o bien, desparrama-
dos por los sofás y las alfombras! ¡Todos habían bebido y
discutido hasta la saciedad aquella noche! ¡Todos habían reído
y habían hecho proyectos y habían bailado hasta la saciedad!
Entonces, a las siete o a las ocho de
la mañana, tal vez fueron las seis y media, a pedido del
anfitrión y de la que entonces era la mujer del anfitrión,
me subí a una silla y empecé a recitar un poema
para subir los ánimos, y mientras se calentaba el café, un
café de la mejor calidad que Antonio Narváez conseguía
en el mercado negro, y que, para arreglar el cuerpo, regó
con chorros de pisco o con chorros de whisky,
antes de descorrer las cortinas y dejar entrar los primeros rayos del sol que ya aparecían sobre la
Cordillera de los Andes. ¡Bueno, me subí a la silla
y los dueños de casa pidieron un minuto de silencio!
Recité de memoria uno de los poemas de N.
ante un auditorio conjunto de todos conocidos que mayor o menor atendían en la J. de Concep. ¡
ante el beneplácito de algunos, el rechazo de otros, y las risas
desprovistas de la mayoría. El sexto era "Lo que el diputado
dijo de sí mismo" y Recuerdo que el subirse a la silla
me di cuenta, por el temblequeo de los glúteos, que aquella
noche yo también había bebido como un cosaco. La silla
era de madera clara, como de sedal, y desde allí arriba el suelo,
los arabescos de las alfombras, parecían infinitamente lejos.
por el decimocuarto o decimoquinto verso, pues

EL IMBECIL DE LA FAMILIA

Todo empezó hace muchos años, el 11 de septiembre de 1973, a
las siete de la mañana, en la biblioteca de la casa de campo de
Antonio Narváez, ginecólogo de reconocido prestigio y en los
ratos libres mecenas de las Bellas Artes. ¡Ante mis ojos enrojecidos por el sueño unas veinte personas se desparramaban por
los sofás y las alfombras! ¡Todos habían bebido y discutido hasta
la saciedad aquella noche! ¡Todos habían reído y habían hecho
proyectos y habían bailado hasta la saciedad aquella noche interminable! Menos yo. Entonces, a las siete o a las ocho de la
mañana, a pedido del anfitrión y de su mujer me subí a una silla

En esta página y en la siguiente, versión definitiva, mecanoscrita, del capítulo titulado
«El imbécil de la familia», de «Patria». Se puede observar el trabajo de perfeccionamiento
del texto llevado a cabo por Bolaño respecto a los borradores manuscritos reproducidos
en las páginas anteriores.
Archivador n.º 34. Id. 5. Carpeta marrón con el título «Los sinsabores del verdadero policía»

y empecé a recitar un poema para levantar los ánimos y hacer
tiempo mientras se calentaba el café, un café de calidad excepcional que Antonio Narváez conseguía en el mercado negro y que,
para arreglar el cuerpo, servía con chorros de pisco o de whisky,
acto previo al de descorrer las cortinas y dejar entrar los primeros
rayos del sol que ya despuntaba sobre la Cordillera de los Andes.

¡Bueno, me subí a la silla y los dueños de casa pidieron
un minuto de silencio! Era mi especialidad. El motivo por el que
me invitaban a las fiestas. Ante un auditorio compuesto de caras conocidas que trabajaban o estudiaban en la Universidad de Concepción, rostros encontrados en funciones de cine o de teatro, o
vistos en anteriores reuniones campestres en aquel mismo lugar, en
los malones literarios que gustaba organizar el Dr. Narváez, recité,
de memoria, uno de los mejores poemas de Nicanor Parra. Mi voz temblaba. Mis manos, al gesticular, temblaban. Pero todavía sigo creyendo que era un buen poema, aunque entonces fue recibido con beneplácito por unos y con manifiesta desaprobación por otros. Recuerdo
que al subirme a la silla me di cuenta que aquella noche yo también
había bebido como un cosaco. La silla era de madera de araucaria y
desde allí arriba el suelo, los arabescos de la alfombra, parecían
infinitamente lejanos.

Iría por el decimoquinto verso cuando una muchacha y dos
muchachos aparecieron por la puerta de la cocina y dieron la noticia. La radio informaba que en Santiago se estaba perpetrando un
golpe militar. Blitzkrieg o anschluss, qué más daba, el Ejército de
Chile estaba en marcha.

Fue cosa de decirlo e iniciarse la estampida, primero hacia
la cocina y luego hacia la puerta de calle, como si todos hubieran
enloquecido de repente.

Recuerdo que en medio de la desbandada alguien gritó que
me callara, por lo que colijo que yo seguía recitando. Recuerdo insultos, amenazas, exclamaciones de incredulidad, rostros que pasaban
de la heroicidad más sublime al espanto, alternativamente, todo re-

— Patricia P. y R.B. solos en la casa de Marichen. P. sugiere marcharse de allí. ¿Dónde están los otros? Han ido a sus células de partido, etc. R.B. no tiene a nadie en Los Ángeles.

— P. y R.B. se marchan de Los Ángeles en el coche de P. Van hacia Nacimiento.

— La casa de Nacimiento. La vieja empleada mapuche. Allí R.B. pasa tres o cuatro días. P. le muestra sus trabajos.

— R.B. regresa a su casa en Concepción. Su madre y abuela estaban alarmadas. R.B. llega con un lote de poemas de P. R.B. admira profundamente a P.

— Regreso a la Universidad. Aún permanecen abiertos los talleres de Philippi y de Fernández. R.B. busca en vano a P. Caras que faltan.

—

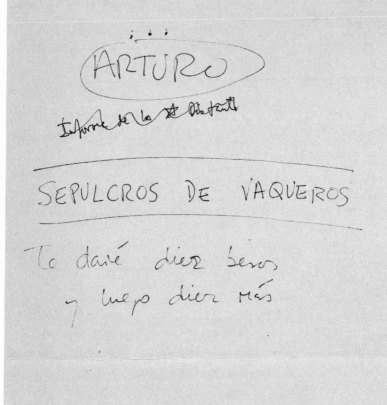

ARTURO

Informe de la 🟊 Abstant

SEPULCROS DE VAQUEROS

Te daré diez besos
y luego diez más

En esta página y la siguiente, portada y verso de la carpeta en la que se guardan,
junto a materiales varios, las notas manuscritas del texto «Sepulcros de vaqueros»
en seis folios sueltos, doblados por la mitad, con los capítulos numerados.
Archivador n.º 9 (Originales). Id. 33. Carpeta verde claro con el título
«Arturo; Sepulcros de vaqueros; Te daré diez besos y luego diez más».

Chile, menos a cuchillo o a látigo:
chi—le, chi—le, chi—leee, chichilín—leeee.

*

El nexo: vamos a rodear los territorios de los
puente, dijo el capitán, libre de a dos, que nadie se repare, adelante.

*

En la tinta de la Madre, ésta habla de uno de los
hermanastros de Arturo, uno de los hijos del padre, homosexual y amistado socialmente, a quien protege y cuida.

1— El aeropuerto. 1968
2— El gusano (Mex 1970)
3— El viaje. (Latinoam. 1973)
4— El golpe. (Chile 1973)
5— Mónica Vargas.
6— Gasparín. (1975, los inform.) (El mundo de los autos es el
                                    principio.)
7— Diálogo con la Rata.
Bis— Cine de Literatura (sinsabores)
8— Europa.
Bis— El divisionario azul
9— El cuento de Baroja.
10— Lola, 1ª parte
10— Los amantes.
Bis— Villaviciosa y los Expósito
12— El hospital.
13— Lola, 2ª parte
14— África
Bis 14— Carta de Lola. → Carta de mi madre.
15— África
14— Villaviciosa y los Expósito.

15— 1

Sepulcros de Vaqueros

① El aeropuerto. La voz en off de Arturo men
ta la historia de sus padres. Se ve a un ado
lescente de 15, a su hermana de 14 y a su ma
dre arrastrando maletas por el aeropuerto de
Stgo. de Chile. Por los altavoces son citados por
la Interpol. Deudas no aclaradas impiden
su salida.

15×9

90
45
135

Sepulcros ②

el gusano de se
puede unos avispa.
que lleno probado el
nombre i pay cuito como
los " o lo mí.

Notas de escritura para «Sepulcros de vaqueros».
Archivador n.º 2 (Originales). Id. 12 visto. Hoja suelta guardada en una libreta azul eléctrico
con rayas blancas.

Comedia del horror de Francia

Cuando el héroe embarca en la nave que lo llevará a Francia, junto a él, en el barco, ve a otros que han tenido la misma llamada telefónica. No se hablan entre ellos. Distingue al negro de la voz aguda, al negro una oreja, al negro de las manos de boxeador, al negro maricón, etc., todos van juntos solos a Francia. Luego conoce a Rovira, Susana, Pilol, ... (desarrollar) y después de presentar los círculos literarios. (También J. Marsan, etc.) En sus años de trabajador anónimo va viendo (en la tele, en periódicos, en vivo) morir a quienes viajaron con él (muertes violentas, naturales, accidentales, etc.)

Sólo hay una mujer en el barco. Y ella no muere a lo largo de los años. Meditación sobre la literatura femenina en general.

Nota de escritura para «Comedia del horror de Francia» escrita en un sobre.
Archivador n.º 31 (Originales). Id. 209. Carpeta con título «Comedia del horror de Francia».

Conjeturas sobre ur

Hace tiempo, en una entrevista que luego perdí, André Breton decía que tal vez había llegado la hora de que el surrealismo entrara en la clandestinidad. Sólo allí, creía Breton, podía subsistir y prepararse para los desafíos futuros. Esto lo dijo en los últimos años de su vida, a principios de la década de los sesenta.

La propuesta, atractiva y equívoca, nunca volvió a ser formulada, ni por Breton en las múltiples entrevistas que concedería después ni por sus discípulos surrealistas, más ocupados en dirigir pésimas películas o revistas literarias que ya poco o nada tenían que aportar a la literatura y a la revolución, que Breton y sus compañeros de primera hora vieron como algo convulsivo e indistinto. La misma cosa informe.

Siempre me pareció extraño el tupido velo que cayó sobre esta, llamémosla así, posibilidad estratégica. Se me ocurren varias preguntas al respecto.

¿Pasó realmente el surrealismo a la clandestinidad y allí, en las cloacas hu-

rió? ¿Pasó sólo una parte del surrealismo a la clandestinidad, la menos visible, los jóvenes, por ejemplo, mientras la vieja guardia cubría la retirada con cadáveres exquisitos y objetos encontrados, para así dar la impresión de quietud cuando en realidad se estaba realizando un movimiento de repliegue? ¿En qué se transformó el surrealismo clandestino a partir de 1965, un año antes de la muerte de Breton? ¿En qué sentido incidió, junto con los situacionistas, en el mayo del 68?

¿Hubo un surrealismo clandestino operativo en los últimos treinta años del siglo XX? ¿Y si lo hubo cómo evolucionó, qué propuestas en materia plástica, literaria, arquitectónica, cinematográfica realizó? ¿Cuáles fueron sus relaciones con el surrealismo oficial, es decir el de las viudas, el de los cinéfilos y el de Alain Jouffroy? ¿Alguno de estos subgrupos mantuvo relaciones con los clandestinos?

¿El radio de acción del surrealismo de las cloacas se ciñó al ámbito europeo y norteamericano o hubo ramificaciones

Artículo publicado por Bolaño en su columna *Entre paréntesis*, en *Las Últimas Noticias*, el 27 de junio de 2001. En él, Bolaño se pregunta, a partir de lo que André Breton decía en una entrevista acerca de la necesidad de que los surrealistas volvieran a la clandestinidad, cómo sería esa «posibilidad estratégica». «Comedia del horror de Francia» parece ser la propuesta que Bolaño hace a esta conjetura desde la ficción.

a frase de Breton

Roberto Bolaño

asiáticas, africanas, latinoamericanas? ¿Es probable que el surrealismo clandestino se escindiera, con el tiempo, en subgrupos enfrentados y luego perdidos como tribus nómades en el desierto? ¿Cabe la posibilidad de que los surrealistas clandestinos olvidaran, al cabo de no muchos años, que ellos eran precisamente surrealistas clandestinos? ¿Y cómo son captados los nuevos surrealistas clandestinos? ¿Quién los llama a medianoche y les dice que a partir de aquel momento ya pueden considerarse parte del grupo? ¿Y qué piensan los que reciben una llamada de esta naturaleza? ¿Que son víctimas de una broma, que esa voz con acento francés en realidad es la voz de un amigo guasón, que acaban de sufrir una alucinación auditiva?

¿Y qué órdenes reciben los nuevos surrealistas clandestinos? ¿Que aprendan rápidamente a leer y a hablar francés? ¿Que acudan a una dirección de París en donde alguien los estará esperando? ¿Que no se asusten? ¿Sobre todo que no se asusten?

¿Y si la dirección que te dan es la de un cementerio, uno de los tantos cementerios legendarios de París, o la de una iglesia o la de una casa burguesa en una avenida burguesa? ¿Y si la dirección es la de un sótano ubicado en lo más oscuro del barrio árabe? ¿Debe el nuevo surrealista clandestino, que además no está muy seguro de no ser víctima de una broma que se alarga demasiado, acudir?

Puede que nadie, nunca, reciba esta llamada. Puede que los surrealistas clandestinos jamás hayan existido o sean, ahora, sólo una colección no muy numerosa de viejos humoristas. Puede que los que reciban la llamada no acudan a la cita, porque creen que es una broma o porque no pueden acudir.

"Después de siglos de filosofía, vivimos aún de las ideas poéticas de los primeros hombres", escribió Breton. Esta frase no es, como pudiera pensarse, un reproche, sino una constatación en el umbral del misterio.

Índice

SEPULCROS DE VAQUEROS

COMEDIA DEL HORROR DE FRANCIA

AMBERES

A caballo entre la narrativa y la prosa poética, *Amberes* se compone de 56 fragmentos, 56 balas perdidas cuyo objetivo permanece oculto al lector. Como pequeños fogonazos sin orden ni concierto que solamente insinúan la existencia de una luz más cegadora, los recuerdos y divagaciones que, en voz de distintos personajes —vivos y muertos—, llenan estas páginas, nos hablan de jorobados, drogas, prostitutas, películas, escritores sin palabras, asesinatos, asesinos y asesinados. Bamboleándose entre ficción y realidad, entre cordura y locura, el lector se enfrenta a un caso en un tablero con todas las piezas, pero sin ninguna garantía de que tenga solución.

Ficción

MONSIEUR PAIN

En la primavera de 1938, monsieur Pierre Pain, acupuntor y seguidor convencido de las teorías mesméricas, recibe el cometido de tratar el hipo de un sudamericano abandonado a su poca suerte y escasos medios en un hospital de París. Lo que a priori parecía un extraño caso de fiebre alta, no obstante, se presenta ante sus ojos como un entramado de proporciones inimaginables y abre la puerta a preguntas cuyas respuestas Pain tendrá que desvelar. ¿Qué identidad se oculta tras ese rostro pobre y agonizante? ¿Quién, quiénes o qué podrían desear su muerte? ¿Y qué provecho sacarían de ella? Enfrentado a una red compleja y oscura, el mesmerista habrá de lidiar con sus pasiones más íntimas y el implacable fantasma de la soledad, con el ínfimo atisbo que a la humanidad le resta de dignidad y con la tristeza que, ola tras ola, trago tras trago, todo lo anega.

Ficción

En esta frase, pronunciada por el protagonista de uno de los relatos incluidos en *Putas asesinas*, reside la esencia que atraviesa todo el libro. En él, Roberto Bolaño trata algunos de los temas que conforman su universo literario y que están, por tanto, entretejidos en los argumentos de sus obras más emblemáticas: la sexualidad; las vidas de seres comunes —como el propio autor o como sus lectores—, a medio camino entre lo extraordinario y lo cotidiano, entre la rebeldía y la vulnerabilidad; el poder subversivo de la literatura; el viaje como huida; la necesidad de develar lo incierto; la juventud; la violencia, y la lucha del desarraigado por encontrar un espacio propio en un lugar ajeno.

Ficción

EL TERCER REICH

Udo Berger, escritor fracasado y campeón de juegos de estrategia, viaja de nuevo al pequeño pueblo de la Costa Brava catalana donde pasaba los veranos de su infancia. Acompañado por su novia, pasa la mayor parte del tiempo con su juego favorito: El Tercer Reich. Una noche conocen a otra pareja de alemanes, Charly y Hanna, con quien planean pasar los siguientes días. Pero cuando Charly desaparece esa misma noche, la apacible vida de Udo cambiará bruscamente.

Ficción

2666

Cuatro académicos tras la pista de un enigmático escritor alemán; un periodista de Nueva York en su primer trabajo en México; un filósofo viudo; un detective de policía enamorado de una esquiva mujer —estos son algunos de los personajes arrastrados hasta la ciudad fronteriza de Santa Teresa, donde en la última década han desaparecido cientos de mujeres.

Ficción

LOS DETECTIVES SALVAJES

Arturo Belano y Ulises Lima, dos quijotes modernos, salen tras las huellas de Cesárea Tinajero, la misteriosa escritora desaparecida en México en los años posteriores a la revolución. Esa búsqueda —el viaje y sus consecuencias— se prolonga durante veinte años, bifurcándose a través de numerosos personajes y continentes. Con escenarios como México, Nicaragua, Estados Unidos, Francia y España, y personajes entre los que destacan un fotógrafo español a punto de la desesperación, un neonazi, un torero mexicano jubilado que vive en el desierto, una estudiante francesa lectora de Sade, una prostituta adolescente en permanente huida, un abogado gallego herido por la poesía y un editor mexicano perseguido por unos pistoleros, *Los detectives salvajes* es una novela donde hay de todo: amores y muertes, asesinatos y fugas, manicomios y universidades, desapariciones y apariciones.

Ficción